Jutta Naumann

Das ist kein Arschiv

Humoresken und Senioresken

AF140127

Jutta Naumann

Das ist kein Arschiv

Humoresken und Senioresken

Bibliografische Information der Deutschen Nationalbibliothek

Die Deutsche Nationalbibliothek verzeichnet diese Publikation in der Deutschen Nationalbibliografie; detaillierte bibliografische Daten sind im Internet über http://dnb.d-nb.de abrufbar.

© 2015 Jutta Naumann, Dreieich
Satz und Layout: Beate Hautsch, Göttingen
Coverfoto: © es.war.einmal.. / photocase.de
Herstellung und Verlag: BoD - Books on Demand, Norderstedt
ISBN 978-3-7392-1570-9

Inhalt

Drei Fähigkeiten und drei Talente   7

Uhrensuche   22

Das ist kein Arschiv   71

Schaum vorm Mund   100

Herr Weißhaar   109

Ankunft in der Einsamkeit   169

Frau Hasswurz   171

Drei Fähigkeiten und drei Talente

Linda geht stramm auf die Fünfundsiebzig zu, befindet sich also in dem Jahrzehnt, in dem man anfängt, über Zufriedenheit nachzudenken, beziehungsweise über die Frage: Wie wird man im Alter, der Zeit der Einschränkungen, der Vergesslichkeit, des Verzichts, des Verlusts, des Rückzugs, der Müdigkeit, der Arthrose, des Rheumas, des Langsamwerdens, der Grauseherei, der Schwerhörigkeit, der Schlechtriechigkeit, des Zahnausfalls, der Verkalkung, des Schwachwerdens, der Resignation, der Gebrechlichkeit, der Hinfälligkeit, des Todes, wie wird man da ein zufriedener Mensch.

Linda fällt das Antwortfinden schwer. Sie kriegt nämlich nicht heraus, wie sie mit ihren Fähigkeiten und Talenten im Alter ein wirklich zufriedener Mensch werden kann. Das möchte sie schon gern sein, denn sie weiß, ein wirklich zufriedener Mensch hat's leichter. Beim Altwerden und beim Sterben.

Sie hat drei Fähigkeiten. Sie kann Rührkuchen backen, zuhören und Auto fahren.

Und sie hat drei Talente. Sie kann feiern, Fehler machen und lachen.

Damit hat sie es in ihrem Leben zu voller Bescheidenheit und halber Zufriedenheit gebracht. Das hat bisher ausgereicht.

Aber nun? Aber nun?

Wie erreicht sie nun, in der heraufdämmernden Zeit der Einschränkungen, der Vergesslichkeit, des Verzichts, des Verlusts, des Rückzugs, des Schwachwerdens, der Krankheiten, der Gebrechlichkeit, der Hinfälligkeit, der Vergänglichkeit, des Todes, wie erreicht sie auskömmliche Zufriedenheit im Alter?

Linda sucht eine Antwort bei den Menschen. Bei den sehr alten. Sie sucht sehr alte zufriedene Menschen.

Was findet sie? Genörgel, Gejammer, Beschwerden, Rechthaberei, Starrsinn, Ignoranz, Unvernunft, Dummheit, säuerlich riechende Verbitterung.

Aber damit kann sie nichts anfangen. Sie will doch ein zufriedener alter Mensch werden. Einer, der schaut, was noch geht, und nicht immer das beklagt, was nicht mehr geht.

Linda versucht einen anderen Erkenntnisweg und wandert zur Religion; zur christlichen Religion.

»Guten Tag«, sagt sie, »ich wüsste gern von dir, wie ich mit meinen Fähigkeiten und Talenten im Alter ein zufriedener Mensch werde. Einer, der gern lebt und der gern stirbt. Ich kann Rührkuchen backen, zuhören, Auto fahren, feiern, Fehler machen und lachen.«

»Kannst du auch glauben?«, fragt die Religion.

»Nein«, antwortet Linda, »ich kann Rührkuchen backen, zuhören, Auto fah…«

»Dann bist du bei mir nicht richtig«, erwidert die Religion. »Versuch's mal woanders. Gott sei mit dir.«

Woanders? Wo ist woanders?

Linda steigt zur Philosophie hinauf. Die könnte »woanders« sein.

»Guten Tag«, sagt Linda, »ich wüsste gern von dir, wie ich mit meinen Fähigkeiten und Talenten im Alter ein zufriedener Mensch werde. Einer, der gern lebt und einer, der gern stirbt. Ich kann Rührkuchen backen, zuhören, Auto fahren, feiern, Fehler machen und lachen.«

»Du lieber Himmel«, sagt die Philosophie. »Damit kommst du zu mir? Kannst du denken?«

»Was verstehst du unter denken?«, fragt Linda zurück.

»Ich sehe, da ist ein gewisses Potential. Das müsstest du in Kompetenz überführen.«

»Aber ich habe doch nur die Frage, wie ich im Alter …«

»Lass mich überlegen«, entgegnet die Philosophie. »Möglicherweise versteckt sich in meinen Falten eine Antwort. Dort müsstest du länger suchen. Wärst du dazu bereit?«

»Eher nicht«, antwortet Linda. »Ich habe gehofft, du könntest mir rasch zu der Erkenntnis verhelfen, wie ich im Alter zufrieden lebe und dann zufrieden sterbe. So viel Zeit habe ich ja nicht mehr.«

»Rasch geht bei mir gar nichts«, sagt die Philosophie. »Nur hoch und tief. Versuch's mal bei der Wissenschaft. Vielleicht hast du dort Glück.«

Linda braucht kein Glück. Sie braucht Zufriedenheit.

Wissenschaft. Wissenschaft. Welche denn der zwanzigtausend Wissenschaften?
Sie entscheidet sich für die Biologie.

»Guten Tag«, sagt sie, »ich wüsste gern von dir, wie ich mit meinen Fähigkeiten und Talenten ein zufriedener Mensch werde. Also im Alter ein zufriedener

Mensch. Und zufrieden sterben möchte ich auch. Meine Fähigkeiten sind Rührkuchen backen, zuhören, Auto fahren. Meine Talente sind feiern, Fehler machen und lachen.«

»Wie dir bekannt sein dürfte«, antwortet die Biologie, »befasse ich mich mit den grundlegenden Erscheinungen und Gesetzmäßigkeiten des Lebens. Dass ich dir damit bei der Suche nach einer Antwort dienlich zu sein in der Lage wäre, bezweifle ich. Beim Analysieren deiner Worte ... kannst du analysieren? Systematisch analysieren?«

»Weiß nicht«, sagt Linda, »ich kann Rührkuchen backen, zuhören, Auto fahren ...«

»Deine Worte wissenschaftlich-analytisch betrachtet, muss ich feststellen: Biologisch oder vielmehr evolutionsbiologisch ist Auto fahren nicht vorgesehen. Fortbewegung ja. Auto fahren nein. Und alles andere, was du als Fähigkeiten und Talente nennst, ist evolutionsbiologisch ebenfalls nicht vorgesehen. Der einzige Punkt, der sich sicher evolutionsbiologisch belegen lässt, ist Fehler machen. Fehler machen gehört zur Entwicklung von Lebewesen. Divergierende fachspezifische Ansichten existieren hingegen bei der Interpretation des ursprünglichen Sinns des Vorgangs Lachen bei Primaten. Einige Wissenschaftler verorten das Lachen bei Primaten in generellem Drohverhalten, andere rechnen es mehr einem gruppenspezifischen kontaktären Sozialverhalten zu. Evolutionsbiologisch gesehen.«

»Aber mich interessiert das Evolutionsbiologische überhaupt nicht«, sagt Linda. »Keinen Schnurz interessiert mich das. Ich möchte nur von dir als Wissenschaft vom Leben erfahren, wie ich im Alter ein zufriedener Mensch werde. Und wie ich zufrieden sterbe. Inwiefern mir deine Erkenntnisse ...«

»Individuelle emotionale Befindlichkeiten von humanoistischen Lebewesen fallen nicht in meinen Zuständigkeitsbereich«, entgegnet die Biologie. »Ich bin beschreibend und forschend tätig. Den Nutzen haben andere Disziplinen, zum Beispiel die Medizin oder die Pharmakologie. Vielleicht hilft man dir dort weiter. Alles Gute.«

Linda braucht kein alles Gute. Sie braucht keine anderen Disziplinen. Sie braucht Zufriedenheit.
Wer kennt sich aus? Die Menschen nicht. Die Religion nicht. Die Philosophie nicht. Die Biologie nicht. Vielleicht etwas ganz anderes.

Linda sucht die Kunst auf.

»Guten Tag«, sagt sie, »du wirst verehrt und man sagt dir magische Kräfte und wundersame Wirkung nach, deshalb wüsste ich gern von dir, wie ich im Alter ein zufriedener Mensch werde. Und wie ich zufrieden sterbe. Ich berichte mal gleich, was ich kann: Rührkuchen backen, zuhören, Auto fahren. Das sind meine Fähigkeiten. Feiern, Fehler machen und lachen. Das sind meine Talente.«

»Sei willkommen«, antwortet die Kunst, »mit deinen Fragen, deinen Fähigkeiten und deinen Talenten, sei willkommen. Wir werden sehen … Kannst du gestalten? Das, was in dir lebt, liebt, leidet, gestalten?«

»Ob ich was?«

»Oder kannst du das, was andere gestaltet haben, als Offenbarung ihrer tiefsten Daseinsgeheimnisse erkennen und nicht nur als Genuss am Rande des wirklichen Lebens?«

Linda weiß nichts zu entgegnen als ein schüchternes: »Ich kann zuhören, Auto fahren, feiern, lachen …«

Ohne darauf einzugehen, fährt die Kunst fort: »Die Frage, wie du im Alter zufrieden lebst und dann zufrieden stirbst, ist schwer zu beantworten. Wir werden sehen … Einerseits bin ich zuständig für die Gesamtheit des vom Menschen Hervorgebrachten, das nicht durch eine Funktion eindeutig festgelegt ist oder sich darin erschöpft, zum Beispiel Malerei, Literatur oder Musik. Andererseits bin ich zuständig für jegliche auf Wissen und Übung gegründete Tätigkeit, die Menschen ausführen können: Heilen, Reden, Schreiben, Bauen, Pflanzen, Kochen …«

»Kuchenbacken auch?«

»Selbstverständlich. Auch gelingendes Kuchenbacken gründet sich auf Wissen und Übung. Wie überhaupt alle kreativen, schöpferischen Tätigkeiten. Inwiefern dir allerdings gelingendes Kuchenbacken zu Zufriedenheit im Alter und beim Sterben verhelfen könnte, diese Frage ist schwer zu beantworten.«

»Da beginnt ja mein Problem«, wendet Linda ein, »jetzt, zurzeit, geht alles noch, funktionieren meine Fähigkeiten noch und lassen sich meine Talente noch aktivieren. Aber was ist später? Angenommen, ich kann mal keinen Rührkuchen mehr backen oder nicht mehr zuhören oder kein Auto mehr fahren. Oder ich kann irgendwann nicht mehr feiern, keine Fehler mehr machen und nicht mehr lachen: Habe ich dann noch irgendeine Chance auf Zufriedenheit im Alter? Beim Sterben?«

»Ich muss zugeben«, antwortet die Kunst, »dass ich ratlos bin. Das Altern mag man mit meiner Unterstützung besser bewerkstelligen und damit Zufriedenheit erreichen, doch das Sterben? Sterben ist weder etwas vom Menschen Hervorgebrachtes noch gründet es sich auf Wissen und Übung. Gut, über ein gewisses Wissen vom Sterben verfügen die Menschen zwar, doch können sie es für sich selbst nicht nutzen. Daher sehe ich mich außerstande, dir mit einem Ratschlag zum Stil deines Sterbens zu dienen. Bedauerlicherweise. Darüber hinaus bin ich der Auffassung, dass zufrieden sterben überhaupt nicht möglich ist. Allenfalls kann man gelassen sterben. Ruhig. Versöhnt. Zufrieden sterben geht nicht.«

»Ach«, erwidert Linda, »das ist merkwürdig. Bist du ganz sicher? Ich hatte gedacht, zufrieden sterben sei die logische Folge eines zufriedenen Lebens im Alter. Worauf gründet sich deine Aussage?«

»Auf jahrtausendalte Erfahrung.«

Jahrtausendealte Erfahrung braucht Linda nicht. Die Kunst hat viel geredet, aber das hilft auch nicht weiter. Nichts hat bisher geholfen. Die Menschen nicht, die Religion nicht, die Philosophie nicht, die Biologie nicht, die Kunst nicht. Wer weiß denn sonst eine Antwort?

Linda vereinbart einen Termin bei der Psychotherapie.

»Guten Tag«, sagt sie, »ich habe mich schon bei verschiedenen Stellen erkundigt, doch keine hat mir eine Auskunft gegeben, die mir genutzt hätte. Deshalb wende ich mich an dich und wüsste gern von dir, wie ich ein zufriedener alter Mensch werde. Nicht, dass ich derzeit komplett unzufrieden wäre, aber ich frage mich immer öfter, wie ich in der heraufdämmernden Zeit der Einschränkungen, des Verlusts, des Zahnausfalls, des Schwachwerdens, der

Krankheiten, der Gebrechlichkeit, der Hinfälligkeit, des Todes, wie ich da ein zufriedener Mensch werde. Einer, der gern lebt, und einer, der gern stirbt. Meine Fähigkeiten heißen: Rührkuchen backen, zuhören, Auto fahren. Und meine Talente heißen: feiern, Fehler machen und lachen. Das hat bisher einigermaßen ausgereicht. Aber nun? Im Altwerden reicht das doch nicht mehr. Niemand weiß Antwort. Weißt du eine? Ich habe ja nicht mehr viel Zeit. Wie man alt wird, das erlebe ich mittlerweile. Aber wie wird man zufrieden?«

»Es freut mich, dich zu sehen«, entgegnet die Psychotherapie, »und ich denke schon, dass wir eine Antwort finden. Bist du in der Lage, Menschen zu vertrauen?«

»Mäßig«, antwortet Linda.

»Das ist doch etwas«, entgegnet die Psychotherapie. »Wie ich höre, nennst du Gegebenheiten, die durchaus die Chance haben, hilfreich zu sein beim Beantworten deiner Fragen. Wer zum Beispiel sagt von sich so locker wie du, er kann Fehler machen? Und bezeichnet das auch noch als ein Talent? Mir ist bisher niemand begegnet, der das so für sich benennt.«

»Wirklich?«, entgegnet Linda. »Aber weißt du, meine große Sorge ist, was mit mir und mit meiner angestrebten Alters- und Sterbenszufriedenheit passiert, wenn meine bisherigen Fähigkeiten schwinden und meine Talente welken. Was passiert, wenn ich keinen

Rührkuchen mehr backen oder nicht mehr zuhören oder kein Auto mehr fahren kann? Und was passiert, wenn ich irgendwann nicht mehr feiern, keine Fehler mehr machen oder nicht mehr lachen kann? Habe ich dann noch irgendeine Chance auf Zufriedenheit im Alter und beim Sterben? Oder wenigstens auf Erhalt meiner jetzigen Zufriedenheit?«

»Wie fühlt sich das denn an, wenn du zufrieden bist?«, fragt die Psychotherapie.

»Aha«, erwidert Linda, »du beantwortest meine vielen Fragen mit einer Gegenfrage.«

Die Psychotherapie lächelt.

»Wie sich das anfühlt … gut fühlt sich das an. Wenn ich zufrieden bin, bin ich ruhig, ausgeglichen, im Frieden mit mir und der Welt. Ich kann mich ertragen und die Menschen und meinetwegen auch einen Gott. Aber das hält nie lang an. Und dann setzen wieder all die Fragen ein, die mich quälen. Weißt du, ich will nicht reich und berühmt werden im Alter, sondern nur zufrieden. Wie kann ich das erreichen, wenn meine Fähigkeiten und Talente schwinden? Muss ich dann etwas Neues erwerben? Talente werden einem geschenkt, die kann man nicht erwerben. Nur Fähigkeiten kann man erwerben. Muss ich demnach neue Fähigkeiten erwerben? Wenn ja, wie geschieht das? Mit Anstrengung oder ohne? Mit Meditation? Mit Phantasie oder ohne? Und wie müssen die neuen Fähigkeiten beim Altern und beim Sterben beschaffen sein?«

»Fragen über Fragen«, sagt die Psychotherapie, »dabei hast du so anschaulich erzählt, wie du dich fühlst, wenn du zufrieden bist. Hast du schon einmal einen sehr alten zufriedenen Menschen erlebt?«

»Nein. Ich habe mich bei den ganz Alten umgesehen. Ein absoluter Reinfall. Nur Nörgelei, Besserwisserei und Gemecker.«

»Und früher, als du Kind warst?«

»Großmütter gab es nicht mehr, nur einen Großvater, und der war unausstehlich in seiner Verbohrtheit und Rechthaberei.«

»Sonst gab es niemanden?«

»Nein. Oder doch, warte mal … eine entfernte Tante. Tante Paula. Wurde Tante Paulchen genannt. Das war eine reizende alte Dame, hübsch gekleidet und angenehm duftend, mit einem schwarzen oder lila Samtband um den Hals angetan, freundlich und fröhlich, stets zu einem Scherz aufgelegt. Letzteres mag daran gelegen haben, dass ich damals ein Kind war. Richtig, die gab es.«

»Könnte Tante Paulchen eine Antwort auf deine Fragen sein?«

»Keine Ahnung. Wahrscheinlich nicht. Die Zeiten haben sich geändert. Alte Damen tragen keine lila Samtbänder mehr um den Hals.«

»Das stimmt. Aber Tante Paulchen trug vielleicht zuerst die Zufriedenheit im Herzen und schmückte sich dann den welk gewordenen Hals mit einem Samtband.«

»Ach so.«

»Wer sich die Frage stellt nach der Zufriedenheit im Alter und beim Sterben, der trägt auch schon die Antwort in sich. Er schaut jedoch zuerst um sich herum und entweder gar nicht oder sehr spät in sich hinein. Dort jedoch, vielleicht im verborgensten Winkel der Seele, liegt die Antwort. Und möglicherweise sind deine vielen Fragen allein schon die Antwort. Vielleicht genügen ja deine Talente und Fähigkeiten vollkommen, um zufrieden zu werden. Könntest du dir vorstellen, dass wir uns in den nächsten Wochen eingehender mit diesem Thema beschäftigen? Es ist zu komplex, als dass es in einem einzigen Gespräch zu behandeln wäre.«

Linda braucht keine eingehendere Beschäftigung mit diesem Thema. Sie braucht eine schlichte Antwort auf eine schlichte Frage: Wie werde ich zufrieden alt und wie sterbe ich zufrieden. Niemand hat bisher etwas Passendes, etwas Hilfreiches gesagt, die Menschen nicht, die Religion nicht, die Philosophie nicht, die Biologie, die Kunst nicht. Die Psychotherapie immerhin hat von der Antwort gesprochen, die möglicherweise in einem selbst liegt. Aber gewusst hat sie auch nichts Genaues.

Es muss doch jemanden geben, der definitiv eine Antwort hat auf diese Fragen. Vielleicht jemand, der über allem steht? Über den Menschen, über der Religion, über der Philosophie, der Biologie, über der Kunst, der Psychotherapie? Eine letzte Instanz. Eine, der man Vernunft und Weisheit zutraut.

Bei einem Spaziergang im Wald bleibt Linda plötzlich stehen. »Heureka!«, ruft sie.
»Das hat aber gedauert, bis du mich entdeckt hast«, sagt die Natur.
»Ja, wirklich«, entgegnet Linda, »ich habe einen langen Umweg gemacht. Aber ohne den hätte ich dich nicht gefunden. Du weißt die Antwort auf meine Fragen, wie ich zufrieden alt werde und wie ich zufrieden sterbe.«
»Selbstverständlich weiß ich die Antwort. Du lebst einfach mit allem, was du bist und hast und machst und kannst, weiter, und ich mache dich allmählich mit allem, was ich bin und habe und kann, alt. Dabei wirst du zufrieden und stirbst dann gern.«
»So einfach ist das?«, fragt Linda.
»So einfach ist das«, bestätigt die Natur, »wenn du mich akzeptierst. Mit fortschreitender Zeit willst du nichts mehr machen, nichts mehr können, nichts

mehr fragen, nichts mehr wissen. Dafür sorge ich. Du wirst einfach alt, hörst auf zu leben und stirbst.«
»Das probier ich«, sagt Linda und lacht.

Uhrensuche

Meine Erste war klein, rundlich, hatte ein hübsches Gesicht und einen entzückenden Gang. Meine Zweite war treu, zierlich, hatte ein anschmiegsames Naturell und ein leises Wesen. Meine Dritte war groß, ein wenig kantig, wenn auch verziert, mit ernstem Gesicht und würdevollem Gehabe. Eines Tages, als ich von der Uni nach Hause kam, lag sie auf meinem Bett. Ein Geschenk.

Bei der Vierten war es anders. Da lag ich auf dem Bett. Als Geschenk. Verpackt und zugeschnürt. Mein Aufschnürer sagte: »Ich finde, du bist noch ein bisschen verkrampft. Wie können wir das lösen? Ich hab eine Idee. Dir hat vorhin die alte Uhr im Regal so gut gefallen. Ich schenk sie dir, wenn du 'n bisschen lockerer wirst.« Er schaute mich nachdenklich an. »Oh, nein«, meinte er nach einer Weile, »das machen wir anders. Ich schenk sie dir gleich.«

So kam ich zu meiner Vierten, einer wunderschönen kleinen Standuhr.

Man sieht, Uhren sind kein großes Thema für mich: ein Wecker, eine Armbanduhr, eine Wanduhr, eine kleine Standuhr – das war's.

Eigentlich mache ich mir nicht viel aus Uhren. Ich trage seit Jahren keine Armbanduhr mehr, habe außer meiner ersten nie wieder eine haben wollen. Gelegentlich brauche ich einen neuen Wecker, weil die alten die Angewohnheit haben, kaputtzugehen, wenn ich sie vom Nachttisch fege. Die Wanduhr hängt als Deko im Flur, untickbar, die Standuhr habe ich bei passender Gelegenheit weitergeschenkt. In meiner Küche steht eine klitzekleine, zuständig für Back-Gar-Koch-Zeit. Geht fünfzehn Minuten vor wie alle meine Uhren. Damit ich aber immer weiß, wie spät es wirklich ist, gibt es neuerdings eine Funkuhr im Bücherregal. Mit Außenanlage vorm Fenster. Bin ich unterwegs, schaue ich zwecks Wie-spätistesfeststellung aufs Handy. Dort geht die Uhr sechs Minuten vor, aber nur, weil ich nicht weiß, wie man fünfzehn Minuten einstellt. Die sechs Minuten haben sich von selbst ergeben.

Eieruhr, Nudeluhr, Baduhr, analog, digital: brauch ich nicht. Accessoires in Gold, Silber oder Platin sind mir egal. Statussymbol? Image? Selbstdarstellung? Selbstinszenierung? Mit Uhr? Habichnichnötich.

Uhren? Kein Thema. Das heißt, als ich fünf war, war es mal eins. Ich verstand nämlich den ersten Witz, und der ging so: Was ist das? Hängt an der Wand, macht ticktack, und wenn's runterfällt, ist die Uhr kaputt. Ich konnte den Witz nur Erwachsenen erzählen. Vernünftige sagten dann: »Hängt an der Wand und macht ticktack? Und wenn's runterfällt, ist die Uhr kaputt? Keine Ahnung, was das sein könnte. Vielleicht ein Teddybär? Oder eine Kuchenform? Aber die macht doch nicht ticktack. Ich weiß! Eine Zahnbürste. Nein, die hängt man nicht an die Wand. Jetzt hab ich's: eine Einkaufstasche mit einem Wellensittich drin. Und der sagt immer ticktack.« Je mehr sie herumrätselten, desto mehr mochte ich sie, die Vernünftigen.

Ich kann mich auch noch daran erinnern, dass ich in der Schule die Uhrzeiten lernte, mit einem handgemachten Pappdeckelziffernblatt mit beweglichen Zeigern. Und ich weiß auch noch, welche Uhrzeit außer zwölf, drei, sechs, neun ich mir zuerst merken konnte: zwanzig nach fünf.

Warum? Weil die Mutter mir gesagt hatte: Ich muss jetzt einkaufen gehen. Du machst brav deine Hausaufgaben, und wenn die Zeiger auf der großen Uhr an der Wand so stehen – sie drehte an meiner Pappdeckeluhr –, bin ich wieder da. *So* war zwanzig nach fünf.

Ich setzte mich in der winzigen Küche an den winzigen Tisch, schielte auf die große Uhr an der Wand und beschriftete meine Schiefertafel. Vermutlich kam die Mutter pünktlich, sonst hätte ich ein Zwanzig-nach-fünf-Trauma erlitten.
Hab ich nicht. Zwanzig-nach-fünf ist kein Thema für mich.

Ansonsten: Uhren – keine Bedeutung in meinem Leben … Vielleicht doch erwähnenswert die riesige Standuhr von Onkel Benno. Sie war doppelt so hoch wie ich, hatte einen unheimlich dumpfen Klang und machte mir ein bisschen Angst, vor allem wegen ihrer gewaltigen Gewichte. Las ich in einer Geschichte, jemandem habe die letzte Stunde geschlagen, hörte ich in Gedanken immer Onkel Bennos Standuhr. Selbst wenn jemandem das »letzte Stündlein« schlug.

Da fällt mir etwas ein. Hatte ich nicht irgendwann eine Schwarzwälder Kuckucksuhr? Freilich hatte ich die. Ich hatte sie mir gewünscht und war traurig, als mir die Mutter den Kuckuck ausredete, mit der Behauptung, er würde mich nachts stören. »Stell dir mal vor«, sagte sie, »wie oft der nachts ruft, wenn du schlafen möchtest.« Vermutlich hätte er *sie* gestört. *Mein* Kuckuck hätte *mich* nicht gestört. Also bekam ich eine Kuckucksuhr ohne Kuckuck. Dunkelbraun war sie, geschnitzt, mit glänzenden metallenen Tannenzapfen als Gewichte. Wo sie wohl abgeblieben ist? Im Keller der Pubertät?

Merkwürdig, dass ich sie beinahe vergessen hätte. Vielleicht weil ich mir in Wirklichkeit gar nichts aus Uhren mache.

Ich weiß auch beim besten Willen nicht, warum Richard meint, ich hätte einen Uhren-Tic. Seit einiger Zeit behauptet er das. Liebevoll, aber immer besorgter. »Irgendwas ist da mit dir und Uhr«, sagt er. »Ich kann's nicht konkretisieren, ich hab nur so ein Gefühl. Nicht, dass du ein Fetischist wärst oder so was, aber irgendwie tickst du nicht richtig beim Thema Uhren. Du solltest mal ein Stück weit Biographiearbeit machen und das herausfinden. Das täte dir gut.«

Richard ist ein Freund. Mein Freund. Also nicht mein Geliebter. Obwohl ich ihn sehr mag. Er ist eher so etwas wie mein psychosomatischer Freund, zuständig für Seele und Körper. Außerdem ist er ein Therapierter, ein Analysierter. Als solcher allerdings manchmal eine Nervbacke. Er weiß nämlich alles rund um den Menschen und dessen Innenleben beziehungsweise bildet sich ein, alles zu wissen. Kommt irgendwo bei irgendwem, zum Beispiel während unserer wöchentlichen Freundesrunde beim Italiener, das Thema »Probleme, Konflikte, Schwierigkeiten« auf, gibt er sofort und ungefragt seine Psychoweisheiten und Therapieerkenntnisse zum Besten. Er sprudelt dann unaufhörlich – wie die Quelle eines Gebirgsbächleins. Nur nicht so klar. Doch wenn er sich anschickt, Professor Junas zu zitieren, seinen Analytiker, muss man ihn sofort stoppen, sonst wird das Gebirgsbächlein schnell zu einem Fluss. Sobald er auch nur die Lippen zum Wort »Professor« formt, besser schon beim »Pr«, muss man sofort fragen: »Richard, möchtest du noch einen Wein?« In der dabei entstehenden Pause bietet man ihm Oliven an, und während er kaut, kann man ihm erzählen, man sei beim Friseur gewesen, bei der Nachbarin, beim Steuerberater, und was dergleichen Wichtigkeiten mehr sind. Danach ist er wieder für ein gemeinsames Gespräch bereit.

Ich vermute, er durchschaut die Unterbrechungsversuche, aber er thematisiert sie nicht, so als sei er in gewisser Weise dankbar dafür, dass ihm jemand Einhalt geboten hat, bevor er zu viel sagt oder die Gutmütigkeit seiner Zuhörer strapaziert. Offenbar merkt er nicht von allein, was da aus ihm herausquillt, wenn er einmal begonnen hat.

Davon abgesehen, also von dieser Therapieerkennt-nis-Attitüde abgesehen, komme ich mit Richard wunderbar zurecht. Er ist ein überaus sympathischer Mensch, zurückhaltend, zuhörend, zuschauend, zugebend, nicht von einem maskulinen Besserwis-ser-Rededrang oder von einem virilen Selbstdarstel-lungszwang beherrscht. Wirklich sehr angenehm. Wenn er etwas äußert, hat es Hand und Fuß, Kopf und Herz. Geradezu wohltuend. Und großzügig ist er auch. Nur bei den inneren Vorgängen, den seeli-schen, er sagt lieber den psychischen, da beginnt er unaufhörlich zu sprudeln.

Aber vielleicht sollte ich ihn in diesem Punkt einmal ernst nehmen, vor allem bei dem Thema, das er immer anschneidet, wenn es um mein Lebensge-fühl im Alter geht.

Neulich morgens, als er Frühstück machte, habe ich ihn gefragt, wieso er das meine mit dem Uhren-Tic. Ob er nicht wisse, dass ich ein Stück-weit-Biogra-phiearbeit-Machen völlig bescheuert finde – inhalt-lich und sprachlich –, und wozu das überhaupt taugen solle. Wenn man mal neunundsechzig ist.

»Erstens«, sagte er und drapierte den Lachs kulina-risch auf einem Porzellanteller (er erklärt immer, er müsse die Speisen kulinarisch drapieren, damit sie gut schmecken), »erstens, wenn jemand in einer Unterhaltung mit dir eine Uhr erwähnt, kriegst du sofort ein total verkniffenes Gesicht. Du versuchst krampfhaft, das Thema zu wechseln. Zweitens reagierst du richtig aggressiv, wenn dir jemand seine Uhr zeigt. Als der Klaus neulich seine neue Rolex präsentiert hat, bist du regelrecht patzig geworden. Das ist absolut ungewöhnlich bei dir. Wenn dich was nicht interessiert, gibst du dich intellektuell, wirst aber nicht eklig. Und drittens: In einer aufgeräumten Seelenwohnung lässt sich's besser alt werden. Und gesünder. Und fröhlicher. Das hättest du nötig. Außerdem ist es Biolachs, den ich dir hier serviere, unter Hinzufügung zweier Zweiglein Dill.«

Richard, der Klarsichtige, der Kluge, der Mitdenkende. Weiß, dass ich nur Biolachs esse, und käme nie auf die Idee, mir einen normalen billigeren als Bio unterzujubeln. Kann mich aber trotzdem im Mondschein besuchen. Aufräumen. Dämlich! Ausgerechnet ich soll aufräumen. Ich glaube wirklich nicht, dass ich das nötig habe. Der Klaus ist doch nur ein blöder Angeber. Als hänge gesellschaftliche Anerkennung vom monetären Wert einer Armbanduhr ab.

War da nicht noch was mit einer Armbanduhr? Natürlich war da noch was. Und zwar in Form eines Kästchens, das plötzlich ...

Moment, das war so: Als ich mich aus meinem Frei-berufler-Team zurück- und in den Ruhestand verzog, lud ich alle Kollegen zu einem feudalen Abendessen ein, mit der herzlichen Auflage, mir kein Abschieds-geschenk zu machen, sondern mir in den folgen-den fünf Jahren alle drei Monate ein Kaffeeplauder-stündchen mit Käsekuchen zu spendieren.

»Versprochen«, beteuerten sie, »gute Idee. Machen wir.«

Nach dem Hauptgang gab es eine kleine Pause, einige Kollegen gingen vor die Tür, um zu rauchen, und ich ging zur Toilette. Als ich zurückkam, saßen alle wieder an ihrem Platz und schauten mich inten-siv erwartungslos an.

»Ist was?«, fragte ich.

»Nö, nichts«, antworteten sie.

Ich setzte mich – und entdeckte neben meiner Servi-ette ein schmales Päckchen, hübsch dekoriert.

»Was ist das?«, fragte ich.

»Wo? Was? Zeig her. Keine Ahnung.« Die Stimmen schwirrten durcheinander.

»Mach doch mal auf«, meinte Ferdinand. »Dann sehen wir alle, was es ist.«

Ich wickelte das Päckchen aus und hielt ein Käst-chen in der Hand. Langsam öffnete ich es.

»Die ist aber toll, Ferdinand«, rief Kai. »Hast du prima ausgesucht.«

»Halt die Klappe, Kai. Idiot, sei doch ruhig!«, warfen die anderen ein.

In dem Kästchen lag eine Armbanduhr. Eine Damenarmbanduhr. Eine ... eine ... metallisch glänzende Uhr mit Gliederarmband ... So eine metallisch glänzende, wie ich sie noch nie leiden konnte. Hochglänzend. Metallisch verchromt. Pottschön. Mit winzigen römischen Ziffern. Wenn ich mir *eine* Uhr nie im Leben zugelegt hätte, dann ein metallisch glänzende Damengliederarmbanduhr mit römischen Ziffern.

»Wie kommt ihr denn auf die Idee, Jungs«, sagte ich. »Ihr hattet mir doch versprochen, kein Abschiedsgeschenk zu machen.«
»Das ist ja auch keines«, erklärte Ferdinand. »Das ist ein simpler Gebrauchsgegenstand für dich, damit du immer genau schauen kannst, wann es wieder Zeit zum Käsekuchenessen bei uns ist.«
»Und damit du endlich auch einmal eine Armbanduhr hast«, ergänzte Rolf. »Wenigstens als unsere Exchefin sollst du zeitgemäß ausgestattet sein.«

Diese Definition trieb mir die Tränen in die Augen. »Ihr seid verrückt«, sagte ich, »wirklich meschugge. Allesamt. Auf euch kann man sich in puncto Abschied so was von verlassen. Aber trotzdem: herz-

lichen Dank. Sie ist toll, die Uhr. Gefällt mir ausgezeichnet.«

Ich streifte sie über. Sie war mir sofort unbequem,
zwickte mich, engte mich ein, staute das Blut in
meinem linken Arm, den Unmut in meinem Kopf
und steigerte meine Selbstbeherrschung bis ins uner-
messliche Gute-Miene-zum-gutgemeinten-Geschenk-
Machen. Zu Hause legte ich sie zu dem Schnee-
wittchenzwerg und dem Perlenelefanten in die Kiste
der absurden Geschenke. Nach zwei Jahren war die
Batterie leer und ich schenkte sie meiner fünfjäh-
rigen Nachbarin Emma zum Spielen. Die war so
glücklich darüber, dass ich mich wiederum mit
meinem Abschiedsgebrauchsgegenstand versöhnte.
Nichts ist so nutzlos, dass es nicht doch einem fröh-
lichen Zweck dienen könnte.

Bis hierher sieht man schon: Uhren haben mit mir
kein Glück. Und ich nicht mit ihnen. Genau besehen will ich mit ihnen auch kein Glück haben. Sie
bedeuten mir nichts. Was einem nichts bedeutet,
mit dem will man kein Glück haben. Büroklam-
mern zum Beispiel bedeuten mir nichts. Oder
Nacktmullen. Die bedeuten mir auch nichts. Damit
will ich kein Glück haben.
Gänseblümchen sind etwas ganz anderes. Mit Gänseblümchen Glück zu haben, ist etwas einmalig

Schönes. So schön, dass ich es gar nicht erst aufschreibe. Sonst kommt irgendeiner und zerrupft mir die Blütenwörtchen.

Nun aber zurück zu Richard und seinem pädagogisch-therapeutisch-helferischen Syndrom. Er schweigt ja oft zum Thema »Uhr« und ist dabei doch sehr beredt, zum Beispiel wenn er wortlos auf seine Armbanduhr schaut, mir einen Nanometerblick zuwirft und den Fernseher einschaltet. »Es gibt gleich Nachrichten«, sagt er dann.

Und ich weiß in solchen Momenten: Aha, er lässt nicht locker.

Aber ich, ehrlich gesagt, ich lasse auch nicht locker. Beziehungsweise das Uhren-Ding lässt mich nicht los, seit Richard mich so deutlich darauf hingewiesen hat. Immer wieder muss ich daran denken und mich damit beschäftigen. Keine Uhr tragen, aber stets wissen, wie spät es ist. Und in der Tat ruppig reagieren, wenn mir jemand was von Uhren erzählt.

»Ich hab meiner Enkelin eine tolle Swatch gekauft«, berichtete Peter eines Abends in unserem Freundeskreis beim Italiener. »Sie war mächtig stolz.«

Die Enkelin heißt Laura und kommt demnächst in die Schule. »Heutzutage brauchen das Sechsjährige unbedingt«, sagte ich. »Eine tolle Swatch. Drei Tage lang ist sie cool und dann hat sie den Reiz des Neuen verloren – in unserer durch und durch materialisierten Welt. In der sich Liebe und Zuneigung nur noch als Gegenstände äußern können.«

Peter zuckte zusammen, sah mich schräg von der Seite an und schwieg.

Sofort merkte ich, dass ich mich danebenbenommen hatte. Es war mir furchtbar peinlich. Doch ich war nicht in der Lage, das irgendwie geradezubiegen.

Richard riss die Augen auf und griff sich an die Stirn.
»Julchen«, sagte er leise, »musste das sein?«
Ich schämte mich und versank im Erdboden.

Nach einer Viertelstunde zog er mich heraus. »Ich brauche ein paar Minuten frische Luft«, erklärte er. »Kommst du mit?«

Er streckte seine Hand nach mir aus. Dankbar ergriff ich sie und folgte ihm in den Garten hinter dem Lokal.

»Richard, ich muss mich bei dir ...«
»Du musst jetzt überhaupt nur eines«, unterbrach er mich energisch, marschierte die Kieswege entlang und zog mich hinterher. »Du musst mir zuhören.«
»... entschuldigen ...«, brachte ich noch heraus, dann legte er mir seine Hand auf den Mund und blieb stehen.

»Juliakind, in ein paar Monaten wirst du siebzig, in fünf Jahren fünfundsiebzig und in sechs Jahren bist du vielleicht schon tot. Willst du die ganzen sechs

Jahre mit deinem Uhren-Blödsinn herumlaufen und harmlose Menschen beleidigen?«

Ich schüttelte schweigend den Kopf.

»Oder möchtest du dich nicht endlich mal dieser Uhrengeschichte stellen? Ich weiß, da ist irgendwas. Nein, ich weiß es natürlich nicht, aber ich spüre es. Ich ahne es. Sonst würdest du dich doch nicht so albern, so dumm, so unreflektiert benehmen wie eben. Zum Donnerwetter, schau doch mal hin. Schau mal in dich hinein. Wenn du das nicht kannst, akzeptiere wenigstens, dass da eine ungeklärte Sache mit Uhr existiert. Die Ungeklärtheit gibt dir aber noch lange nicht das Recht, verbal auf andere Leute einzuhacken, weil sie zufällig das Thema Uhr anschneiden oder in einem belanglosen Gespräch nebenbei erwähnen. Du bist eine hochdifferenziert denkende und fühlende Frau. Warum stellst du dich in diesem Punkt so bockig an?«

Ich schwieg.

Er schwieg.

»Blöde Frage von mir«, sagte er nach einer Weile. »Eben weil da irgendwas Verdrängtes in dir haust, irgendwas mit Uhr, reagierst du so kreuzdämlich. In sich ist das logisch, wenn auch patho-logisch. Und das Entscheidende: Es geht mir auf die Nerven. Ich beobachte das schon längere Zeit und stelle seit Kurzem fest, dass sich etwas in deinem Verhalten zugespitzt hat. Ich hatte bislang Geduld und gehofft, es würde sich von allein geben. Tut es aber nicht. Im Gegenteil. Es verstärkt sich. Jetzt ist Sense. Tu endlich was dagegen. Oder dafür. Wurscht. Aber mach was.«

Er breitete seine Arme aus und drückte mich an seine Brust. »Schreib's mal auf, was dir zum Thema Uhren einfällt. Während ich in den Dolomiten bin, könntest du anfangen«, sagte er leise. »Du wirst sehen, es tut dir gut. Irgendwann.«

Richard fährt in die Berge – ohne mich. Ich mache mir nämlich nichts aus der Rumkraxelei, dem Geröll und Geschwitze, den Stechmücken, aus den schweren Rucksäcken, den schweren Füßen. Und aus den Gipfeln und dem rutschigen Abstieg mache ich mir auch nichts. Zehn Tage lang ist er weg. Aber danach, im September, das hat er mir versprochen, fahren wir zusammen zwei Wochen ans Meer. Nach Amrum. Wasser, Wellen, Strand, Dünen, Wind – das ist meine Welt. Das liebe ich.

Vielleicht ist es doch richtig, was Richard gesagt hat, überlegte ich ein paar Tage später, nachdem er abgereist war, und ich sollte uhrenmäßig aufräumen. Aber aufschreiben werde ich nichts. Genauso wenig wie »Ein Stück weit Biographiearbeit machen«. Das ist mir zu albern. Zu dämlich. Mache ich auf keinen Fall. Auf gar keinen! Mit dem uhrenmäßig Aufräumen indes könnte ich mich schon anfreunden. Zumal ich eigentlich gern aufgeräumt bin.

Du wirkst heute so aufgeräumt, hat man früher gelegentlich gesagt, gehört. Aufgeräumt sein, das bedeutet vergnügt sein, mit sich und der Welt im Einverständnis leben. Und nicht ruppig reagieren, weil jemand seinem Töchterchen eine Swatch gekauft hat. Oder sich idiotisch benehmen, wenn jemand seine neue Rolex zeigt.
Aufgeräumt sein. Ist aus der Mode gekommen, der Begriff. Aber anschaulich ist er trotzdem. In diesem Sinn bin ich gern aufgeräumt und räum ich gern auf – in mir.

Wenn man älter wird, gibt es ja viel Kuddelmuddel in einem selbst. Bis man endlich einmal kapiert hat, dass die Dinge nicht mehr so schnell gehen wie früher, hat sich schon viel Kuddelmuddel angehäuft und versperrt einem den Zugang zur guten Laune. »Warum zum Donnerwetter«, sagt man zum Beispiel, »rast die Zeit morgens immer so beim Duschen? War früher anders. Früher war ich in zwanzig Minuten mit allem fertig, mit Zähneputzen, Duschen, Haarewaschen, mit Föhnen, Schminken und Anziehen. Und heute bin ich nach zwanzig Minuten höchstens beim Einseifen angekommen.« Oder man sagt: »Warum muss ich mich neuerdings hinsetzen, wenn ich eine Hose anziehen will? Das hat es noch nie gegeben.« Oder: »Warum sind neuerdings die Äpfel so hart? Waren sie früher doch auch nicht.«

Hat man im Laufe mehrerer Jahre endlich verstanden, dass das Älterwerden – und damit Beschwerlichkeit und Verlangsamung – fortlaufend stattfindet und nicht nur ein vorübergehendes Unwohlsein darstellt, hat man das verstanden, geht es ums Akzeptieren. Darum, das Älterwerden zu akzeptieren. Und das Altwerden. Hierbei handelt es sich wieder um einen mehrere Jahre dauernden Prozess. Ist man bei den Erkenntnissen angelangt: »Ich bin froh, dass ich mich überhaupt noch allein duschen kann, egal wie lange es dauert« oder: »Ich bin dankbar dafür, meine Beine noch so bewegen zu können, dass ich allein eine Hose anziehen kann, egal ob im Sitzen, im Liegen« oder »Wenn mir die Äpfel zu hart sind, schneide ich sie eben in dünne Scheiben und bin froh, dass ich sie überhaupt noch selbständig essen kann« – ist man bei diesen Erkenntnissen angelangt, dann hat man den Kuddelmuddel aufgeräumt. Dann ist man aufgeräumt.

Zwischen aufgeräumt haben und aufgeräumt sein gibt es einen feinen Unterschied, ähnlich dem: ein Talent haben und ein Talent sein, oder noch besser: Autorität haben und Autorität sein. In diesem Sinn wäre ich schon gern eine Aufgeräumtheit.

Aufgeräumt wird man besser alt. Richard mag recht haben.

Als mir diese Geschichte mit dem Kinderhochstühlchen passierte, zum Beispiel, da war es Gold wert, dass ich aufräumen konnte und dann aufgeräumt war.

Wie war die Geschichte? Ich gehe vor einigen Jahren an einem Dezemberabend durch mein Städtchen, am Trödelladen vorbei, wie so oft, und bleibe auf einmal gebannt stehen: Im Schaufenster entdecke ich mein altes Holzhochstühlchen, mein Stühlchen, in dem ich als Kind saß. Genau so hat es ausgesehen: braun, mit Brettchen vorne und kleinem Zwischenboden. Man kann es umklappen und aus dem Hochstühlchen ein Niedrigstühlchen mit Tisch machen. Ich bin wie verzaubert. Das ist mein Stühlchen.

Ich schaue eine Weile in die Auslage, kriege plötzlich ein Seebeben, ein Seelenbeben, und etwas schluchzt aus mir heraus, was ich nicht fasse und begreife. Ich weiß nicht mehr, ob es lange gedauert hat, bis ich in der Dunkelheit vor dem Schaufenster den Zusammenhang zu verstehen beginne: Als dreijähriges Mädchen musste ich erleben, wie wildfremde Männer in Uniform in mein Kinderzimmer eindringen, mein Hochstühlchen mitnehmen und mein Kinderbettchen. Vater und Mutter stehen dabei, können nichts tun, können weder sich noch ihrem Kind helfen.

Viele Jahre später wird der Vater auf nachhaltiges Befragen, wie ich damals reagiert habe, mit ernster Miene antworten: »Du bist dann zusammengebrochen.« Und die Mutter wird gar nichts sagen, weil sie unaufhörlich weint.

Fakt war: Französische Besatzer hatten Ende des Zweiten Weltkriegs meine Eltern wieder einmal der Wohnung verwiesen – Räumung innerhalb vierundzwanzig Stunden –, und das da und das da nähmen sie sofort mit. Das da war mein Stühlchen, und das da mein Bett. Fakt war auch: Mein Vater war Nazi. Als solcher stand er hinsichtlich Wohnraumbeschaffungsliste der Besatzung an oberster Stelle.

Was versteht eine Dreijährige davon? Nichts. Sie erlebt, wie die Menschen, die sie schützen sollten, zulassen, dass man ihr Stühlchen und ihr Bett wegnimmt. Ein Schock. Ein Trauma für ein Kind. So schrecklich, dass es nur im Unbewussten auszuhalten ist.

Als mir die Eltern davon erzählten – Jahre später –, taten sie mir, ich muss es gestehen, unendlich leid. Krieg ist die abscheulichste Sache der Welt, dachte ich immer und immer wieder.

Und denke es noch heute. Einige Jahre später war

ich ihnen dankbar, dass sie den Mut gefunden hatten, von diesem Vorkommnis zu sprechen. Auf einmal verstand ich nämlich, warum mir mein Bett so außerordentlich wichtig war und ist.

Und Jahrzehnte danach, als ich begriff, dass mein Vater, mittlerweile nahe an den achtzig, standhaft überzeugter Nazi geblieben war und Krieg nach wie vor als »Fortsetzung der Politik mit anderen Mitteln« betrachtete, »ein notwendiges Übel, das ein Volk hinsichtlich Land- und Machtgewinn durchaus hinzunehmen bereit sein muss«, als ich das begriff, fragte ich mich doch: Wem, Vater, hast *du* denn beim »Vormarsch im Osten« etwas weggenommen und warum? Und wem gehört eigentlich dieser kleine Teppich, den ihr, du und Mutter, immer so hoch in Ehren gehalten habt, diese »wertvolle Brücke aus Russland«?

Ich habe es damals nur mich gefragt. Dich das zu fragen, Vater, war lebensgefährlich. Für dich. Ich hatte ja zuvor mehrfach erlebt, wie du auf meine Fragen, zum Beispiel: Warum hast du dich schon 1925 der »Bewegung« angeschlossen? Weshalb hast du so eine niedrige NSDAP-Mitgliedsnummer? Weshalb warst du Chef der kommunalen Kulturbehörde? Weshalb bist du in die SA eingetreten? Und: Was hast du in Russland gemacht? reagiertest: aufge-

41

bracht, fassungslos. Nach Worten ringend, Satzfetzen keuchend wie »... Versailler Schandvertrag, der Deutschland geknebelt hat ... Ein neues Reich aufbauen wollen ... Wäre der zum Schluss nicht wahnsinnig geworden, wäre ja alles in Ordnung gewesen ... Davon haben wir an der Front nichts gewusst ... Lebensraum im Osten für das deutsche Volk ...« Blaurot lief dein Gesicht an. Deine Halsschlagadern traten hervor, deine Augen verengten sich, dein Atem ging stoßweise. Du, ein eloquenter, hochgebildeter Mann, gerietest ins Stammeln, ins Brüllen, du, ein beherrschter, sachlicher Mensch, warst binnen Sekunden ein Bündel Zorn und Wut. Zu Hilfe kam dir nur noch die Weinflasche.

Worauf warst du zornig, wütend? Auf die Verbrechen der Deutschen im Zweiten Weltkrieg? Oh, nein. Darauf, dass sie sechs Millionen Juden ermordet haben? Oh, nein. Darauf, dass die Deutschen diesen Krieg anzettelten, dass ihn fast die gesamte Bevölkerung mit Jubel begrüßte? Das schon mal gar nicht. Zornig und wütend warst du auf deine Tochter, die sich erdreistete, zu fragen, warum und wieso ihr Vater Nazi geworden war und was er im Krieg eigentlich gemacht hatte.

Wer seinen Vater nach relativ harmlosen Fragen so erlebt: blaurot, mit stoßweisem Atem und hervortretenden Halsschlagadern, ein Glas Wein nach dem anderen hinunterstürzend, brodelnd, brüllend, kurz vor Schlaganfall und Herzinfarkt, der kriegt Angst um ihn und hört auf zu fragen. Auch ohne die bitterbösen Blicke der Mutter, auch ohne ihre Rippenstöße, sofern sie einen erwischen, weil man sich nicht beizeiten außer Reichweite begeben hat. – Mein Fragen hatte ein Ende. Meine Suche nach Antwort, nach Verstehenkönnen nicht.

Ich starre immer noch in die Auslage. Das Beben ist vorüber. Es sieht schon ein bisschen alt aus, das Stühlchen, denke ich. Ach, wie man sich verirren kann in seinen Erinnerungen. Was waren das aber auch für schreckliche Zeiten, im Krieg, nach dem Krieg, und überhaupt. Und überhaupt steht da in diesem Schaufenster so ein materialisiertes Kinderleid, und wenn ich das kaufen würde, würde ich wieder heil, oder? Oder ist es zu ... was kostet es denn? Fünfzehn, nein, fünfundzwanzig Euro. Das ist ziemlich viel, kann ich mir zurzeit nicht leisten. Ich geh lieber weiter, vielleicht hol ich mir ein Eis, um mich zu beruhigen, Eis beruhigt mich auch im Dezember. Ich könnte ja mal reingehen und fragen. Wer ist heute im Laden? Ach der, ich glaube, er heißt Fritz. Den könnte ich fragen, wieso das Stühlchen eigentlich bei den alten Puppen steht und wieso eine Puppe drinsitzt. Immerhin saß ich mit drei Jahren noch in so einem Hochstühlchen … Oh, was bin ich doof. Wenn eine Puppe drinsitzt, ist es vielleicht ein Hochstühlchen für Puppen? Jetzt sehe ich es, da passen nur Puppen rein. Und braun ist es auch nicht, sondern dunkelrot. Ich bin ja völlig durcheinander. Wenn ich zum Beispiel jetzt auf das Eis verzichten würde, hätte ich schon zwei Euro siebzig gespart und wenn ich bis Jahresende auf alle Eise verzichte, kommen acht Euro zehn, also rund zehn Euro zusammen, da würde es nur fünfzehn kosten. Ich geh jetzt rein. Ich geh jetzt nicht rein.

»Guten Abend, sagen Sie bitte, ist das Stühlchen hier nur für Puppen gedacht?«

»Ja, klar, für Puppen.«

»Darf ich es ansehen?«

»Ja, klar«

»Und das kann man umdrehen?«

»Ja, klar. Sehen Sie, so geht's.«

»Und dann sitzt die Puppe am Tisch und man kann sie füttern.«

»Äähh, ja klar.«

»Meinen Sie, das Stühlchen ist morgen auch noch da?«

»Also, wir haben's heute erst reingestellt, und die alten Sachen gehen weg wie nix.«

»Ach so. Und es kostet fünfundzwanzig Euro.«

»Ja, klar, ich meine, wenn Sie es unbedingt …«

»Schauen Sie mal, hier ist eine ziemlich große Schramme im Lack.«

»Es ist ja auch schon älter, vielleicht sechzig Jahre. Na gut, ich geb's Ihnen für zwanzig.«

Geldbeutel zücken. Stühlchen schnappen. Nach Hause rennen. Stühlchen säubern. Ins Wohnzimmer stellen. Teddybär reinsetzen. Stühlchen anschauen. Auf die Couch kauern.

Weinen. Weinen. Weinen.

Dann gehörte mein Stühlchen wieder mir.

Um Mitternacht war ich aufgeräumt.

Das war die Geschichte mit dem Kinderhochstühlchen. Ich erzählte sie Richard, als wir Urlaub auf Amrum machten. »Aber mit den Uhren ist es etwas ganz anderes. Da habe ich nichts Traumatisches erlebt«, fügte ich hinzu.

Richard meinte daraufhin: »Sehe ich nicht so. Ein Aufräumen hättest du meines Erachtens auch beim Thema Uhren bitter nötig. Ich bin sicher, in dir gibt es ein tief verborgenes Problem, das du systematisch angehen solltest, um Klarheit zu bekommen. Ich spüre doch, dass dich was quält.«

»Unsinn«, erwiderte ich, »Uhren sind kein Thema für mich. Ist doch alles banal. Biographiearbeit machen finde ich völlig überflüssig. Und was eine aufgeräumte Seelenwohnung betrifft: Ich bin zwar gern aufgeräumt und hab's gern aufgeräumt. Aber das mache ich vielleicht bei Gelegenheit, keinesfalls nach Plan oder systematisch. Das wird sich spontan ereignen, das Aufräumen. Wie Einschlafen oder eine Erektion kriegen. Sobald man einen Plan macht oder sich anstrengt – schon kriegt man keinen Einschlaf.«

»Wie du willst«, entgegnete er resigniert. »Ich mein's nur gut.«

Ich würde gern verstehen, was in ihm vorgeht. Oder anders gesagt: Ich würde noch lieber verstehen, warum ich gegen ihn aggressiv werde beim Thema Uhren. Und weshalb er so insistiert. Irgendwie ist das Ganze doch absurd. Da denke ich neuerdings ständig über Kram aus der Vergangenheit nach, nur weil Richard sagt, ich hätte einen Uhren-Tic. Ich könnte ja einfach aufhören, darüber nachzudenken. Jeder Mensch im fortgeschrittenen Lebensalter beschäftigt oder plagt sich mit irgendwelchen psychischen Themen herum. Das muss man nicht überbewerten. Aber andererseits: Ich weiß nur zu gut, dass sich Seelenschmerzen aus der Kinderzeit an Dingen festmachen. Hab's selbst erlebt mit dem Hochstühlchen und meinem Bett, das man mir geklaut hat.

Mit der Musik geht es einem ähnlich. Kann es einem ähnlich gehen. Auf einmal hört man eine Melodie – und fängt aus dem Nichts heraus an zu heulen. Mir passiert es jedenfalls so. Und vielen anderen auch. Die Melodie berührt etwas in mir, von dem ich meistens gar nicht weiß, dass es existiert – Kummer, Schmerz, Traurigkeit. Die bleiben im Alltagsgeschäft des Lebens unsichtbar, unfühlbar oder machen sich höchstens als Nackenverspannung und Rückenschmerzen bemerkbar. Neulich zum Beispiel wurde das Capriccio italien von Tschaikowsky im Radio gesendet, nachmittags um halb drei, während ich bügelte. Ich wurde ganz melancholisch, weil das Capriccio das erste Weihnachtsgeschenk meines ersten Freundes war. Er, der musikalisch völlig unbedarft war, hatte sich gemerkt, dass mir diese Musik, die wir einmal bei Freunden hörten, gefallen hatte. Und dann kaufte er mir von seinem bisschen Geld die Schallplatte und schenkte sie mir zu Weihnachten.

Jeder hat wohl solche Geschichten.

Ich will mir aber selbst auf der Fährte bleiben mit der Uhr. Und da fällt mir zum Thema Musik doch etwas ein: Einmal habe ich, das muss fünfundvierzig Jahre her sein, bei einer Uhr-Musik eine merkwürdige Sache erlebt. Es war in einer kleinen kalten Studentenbude an einem tristen Novembersonntag, an dem ich mich allein und verlassen fühlte, als im Radio ein Wunschkonzert zu hören war, unter anderem mit der Ballade »Die Uhr« von Carl Loewe. Eine äußerst sentimentale Angelegenheit. Ein Schmachtfetzen aus dem neunzehnten Jahrhundert. Mir seit Kindertagen bekannt, vertraut. Und ein bisschen verhasst, weil gar so trauerschwülstig.

Beim Zuhören begann ich zu weinen, die Tränen flossen und flossen. Ich wusste nicht, was in mir geschah und wie ich das Weinen zum Stillstand bringen konnte. Auf die Idee, einen anderen Sender einzuschalten, kam ich nicht. Ich hörte zu und weinte. Erst lange nachdem die Musik verklungen war, beruhigte ich mich wieder, fühlte mich jedoch völlig zermürbt.
Selbstverständlich sprach ich nie mit jemandem darüber, das wäre mir furchtbar peinlich gewesen. Denn erstens gehörte es sich generell nicht in den bürgerlichen Kreisen, denen ich entstammte, über seine Gefühle zu sprechen, das hatte man mir so beigebracht und eingebleut. Und zweitens schämte ich mich abscheulich wegen dieses seltsamen, bizarren Ausbruchs. Wie kann man stundenlang weinen beim Anhören »Der Uhr«? Und wie könnte man das jemandem verständlich machen? Ein Unding.

Nun gut. Das war eine Reaktion vor Jahrzehnten. Soweit ich mich erinnere, habe ich diese Loewe-Ballade nie wieder gehört und die Sache ad acta gelegt. War halt passiert und ist passé. Kann jetzt, heute, mit dem von Richard so genannten Uhren-Tic nichts zu tun haben.

Trotz intensiven Erforschens meiner Kinder- und Jugendzeit kommt mir nur noch eine Episode mit Uhr in den Sinn: Was ist eigentlich aus der geworden, die mir die Eltern einmal aus Italien mitbrachten, eine schmale zwanzig Zentimeter hohe Standuhr? Eine erlesene Geschmacklosigkeit. Eine dunkelblau lackierte Uhr mit gelb gefärbten Locken. Was habe ich mit der gemacht? Verschenkt? Verliehen? Zertrümmert? Wo ist die abgeblieben? Jetzt weiß ich's wieder: Ich habe sie in die Mülltonne geworfen.
So was Hässliches bringt man seiner Tochter nicht aus Italien mit. Es sei denn, man kann sie nicht leiden, die Tochter. Stimmt auch nicht ganz, dann brächte man ihr gar nichts mit. – Oder vielleicht erst recht? Wahrscheinlich aber haben sie's nur wieder gut gemeint.
Manches haben sie gut gemacht, die Eltern, einfach weil sie's nicht besser wussten. Aber wenn sie etwas taten, weil sie es gut gemeint hatten, war das immer eine besonders subtile Abscheulichkeit. Zum Beispiel eine dunkelblaue Uhr.

In meinem ganzen Leben hatte ich noch nie einen blauen Gegenstand in meinem Zimmer oder in meiner Wohnung, weder hell noch dunkel, weder mittel noch nacht. Bücher ausgenommen. Blaues wollte ich nicht. Nicht, dass ich etwas gegen Blau gehabt hätte – dort, wo's hingehört: an den Himmel, ins Meer, in den Rittersporn. Aber nicht in meinem Zimmer, in meiner Wohnung. Und da schenken mir die eigenen Eltern eine dunkelblaue Uhr.

Haben die sich eigentlich nie bei mir umgesehen? Gesprochen hat man ja nicht darüber. Genauer: Ich habe nicht darüber gesprochen. Wie auch? Angenommen, ich hätte gesagt: Ich mag keine blauen Gegenstände um mich herum haben, was hätten sie erwidert? Aber Blau ist doch eine großartige Farbe. In der Malerei war sie früher ausgesprochen kostbar ... Farbgewinnung aus Lapislazuli ... Madonnen in Blau ... blaue Kirchenfenster mit besonderer Bedeutung, hätte mein Vater gesagt. Und meine Mutter hätte gesagt: Schon als Kind hat dir Blau immer so gut gestanden, obwohl du ein Mädchen warst. Weißt du noch, du hattest so ein entzückendes hellblaues Kleidchen mit weißem Krägelchen. Niedlich hast du ausgesehen in dem Blau. Obwohl du kein Junge warst. Was hast du gegen Blau? Immer musst du gegen irgendwas irgendwas haben. Schon von klein auf.

Jawohl, Mutter. Am allermeisten habe ich was gegen hässliche dunkelblaue schmale italienische Standuhren mit gelben Locken, die ich nicht wollte, für die ich mich auch noch bedanken muss, gegen die ich mich nicht anders wehren kann, als sie in den Müll zu werfen.

Niemand hätte mich damals mit Interesse oder gar Empathie gefragt, weshalb ich Blau nicht mag. Vielleicht hätte ich es mit der Zeit selbst herausgefunden. Sicher hätte ich viele andere Dinge auch herausgefunden, nur weil man mir gestattet hätte, über meine Sympathien und Antipathien nachzudenken. Hätte mir eine eigene Meinung bilden und ein vernünftiges Selbstbewusstsein entwickeln können. Stattdessen wurde ich sofort kritisiert. Logischerweise zog ich mich immer mehr ins Schweigen zurück – ohne vernünftiges Selbstbewusstsein.

So. Jetzt habe ich alles abgearbeitet, durchforscht. Mehr gibt es nicht. Ich finde in mir keinen Uhren-Tic. Kein Ticktack. Keinen Tick-Tic. Nichts. Beim besten Willen nicht. Gelegentlich werde ich Richard davon in Kenntnis setzen und er hat es zu selbiger zu nehmen. Punktum. Mag nicht mehr.

Mitte Oktober treffe ich meine Freundin Ursa bei »unserem« Griechen. Nach dem Vorspeisen-Tsatsiki kramt sie in ihrem Handtaschenmonster und zieht einen dicken Umschlag heraus.

»Ich hab dir was mitgebracht«, sagt sie. »Spielst du noch Klavier?«

»Ja, gelegentlich.«

»Schau mal, ein Notenbuch.«

Sie reicht mir einen abgegriffenen Band, auf dessen Titel unter einem blumengeschmückten Mädchenkopf die weiße Schrift prangt: »Das deutsche Volkslied«.

»Von wem hast du das?«

»Das ist aus dem Nachlass meiner Tante, die vor acht Wochen gestorben ist. Ich hab dir doch davon erzählt. Jetzt war die Wohnungsauflösung, und dabei ist dieser Band gefunden worden, sonst keine Noten, nur der. Aber es wollte ihn keiner haben. Da hab ich an dich gedacht. Möchtest du?«

»Jaa – sehr interessant. Danke. Aus welchem Jahr stammt der wohl?«

Ich schaue nach, finde aber keine Jahreszahl. Allerdings deuten Textgestaltung, Abbildungen und Ornamente auf Jugendstil hin. Dann stelle ich fest, dass ich viele Lieder kenne und werde spielen können, weil die Noten einfach gesetzt sind, und will das Buch wieder zuklappen. Da bleibt mein Blick an zwei Worten hängen: »Die Uhr«. Das ist doch kein Volkslied, denke ich und schlage das Buch zu.

»Vielen Dank, Ursa, hast mir eine große Freude gemacht.«

Drei Abende später holte ich gegen elf Uhr dieses neue alte Notenbuch aus dem Regal, setzte mich ans Klavier und die Kopfhörer auf, suchte die Seite »Die Uhr« und begann langsam zu spielen. Kleine einfache Einleitung, dann setzt der Text ein, übrigens von Gabriel Seidl: »Ich tra-ge, wo ich ge-he, stets ei-ne Uhr bei mir: Wie viel es ge-schla-gen ha-be, ge-nau seh ich an ihr.«

Ich sang ganz vorsichtig. »Es ist ein gro-ßer Mei-ster, der künstlich ihr Werk ge-fügt, wenngleich ihr Gang nicht im-mer dem tö-richten Wunsche ge-nügt ...« Meine Stimme fing an zu wackeln. Ich nahm mich zusammen und sang leise weiter: »Ich woll-te, sie wä-re rascher ge-gangen an man-chem Tag; ich wollte, sie hät-te manchmal ver-zögert den ra-schen Schlag. In mei-nen Lei-den und Freuden, in Sturm und in der Ruh', was im-mer geschah im Le-ben, sie poch-te den Takt da-zu ...« Mein Gesinge verlor mehr und mehr an Festigkeit, und die Zeile »Sie schlug am Sarge des Va-ters, sie schlug an des Freundes Bahr, sie schlug am Morgen der Lie-be, sie schlug am Trau-al-tar ...« konnte ich nur noch schluchzen.

Aus. Fertig.

Nachts um halb zwölf saß ich am Klavier vor den Noten der »Uhr«, vor dem Andantino serioso, heulte Rotz und Wasser, verstand die Welt nicht mehr, verstand mich nicht mehr, konnte nicht mehr spielen, konnte nicht mehr singen, klappte das Notenbuch und den Klavierdeckel zu. Dann machte ich den Fernseher an.

Ich schlief schlecht in dieser Nacht.

Am Abend darauf probierte ich es wieder. Will doch mal sehen, was das ist, sagte ich mir.

Der Anfang ging einigermaßen. Bei »Sie schlug am Sarge des Va-ters ...« begann allerdings meine Stimme wieder zu zittern. Ich schaffte es noch bis »Sie schlug an der Wiege des Kin-des, sie schlägt, wolls Gott, noch oft ...« Doch dann war es vorbei mit meiner Fassung. Heulend saß ich auf dem Kla-vierhocker, unfähig, auch nur eine Taste zu rühren oder einen klaren Gedanken zu fassen.

Am dritten Abend wollte ich mich überlisten und setzte da ein, wo ich am Tag zuvor wegen der vielen Tränen nicht hatte weiterspielen und -singen können, nämlich bei: »... noch oft, wenn bes-se-re Ta-ge kom-men, wie mei-ne Seel' es hofft. Und ward sie auch manchmal träger, und drohte zu stocken ihr Lauf, so zog der Meister im-mer groß-mü-tig sie wie-der auf.« Ich kam irgendwie durch, nicht ohne Weinen, aber ohne größere Gefühlsirritationen.

Am vierten Abend, etwas mutiger geworden, spielte und sang ich die Ballade wieder von vorn, schluchzte mich durch die Töne (sah keiner, hörte keiner, weil ich die Kopfhörer aufhatte) und landete bei der Stelle: »Doch stände sie ein-mal stil-le, dann wär's um sie gescheh'n, kein and-rer als der sie füg-te, bringt die zer-stör-te zum Gehn. Dann müßt ich zum Mei-ster wandern, der wohnt am En-de wohl weit, wohl drau-ßen, jenseits der Er-de, wohl dort in der E-wig-keit ...«

Es schüttelte mich. Es zerriss mich schier. So etwas hatte ich noch nie erlebt. Das war ein Seebeben von Weinen.

Noch nie erlebt? O doch, durchfuhr es mich. Mit dem Hochstühlchen, das im Schaufenster stand, war es genauso. Da wurde ich auch schier zerrissen, einem entsetzlichen Gefühl hilflos ausgeliefert.

Was um alles in der Welt ist in mir? Welches Ungeheuer haust in mir? Das ist kein Tic. Das ist etwas völlig anderes. Etwas, was mir Angst macht.

Nachdem sich mein Tränenausbruch ein wenig beruhigt hatte, spielte ich die Noten zu Ende. Den Text flüsterte ich mit. Singen konnte ich nicht mehr an diesem Abend: » ... wohl dort in der E-wig-keit. Dann gäb ich sie ihm zu-rük-ke mit dankbar kind-li-chem Fleh'n: Sieh, Herr, ich hab nichts ver-dor-ben, sie blieb von sel-ber stehn.«

Aber ich begann wieder zu weinen. Fassungslos darüber, dass ein Mensch so viele Tränen haben kann. Richard, oh, mein Richard. Wärst du doch jetzt hier. Erschöpft und ratlos legte ich mich schlafen.

Wochenlang wagte ich mich nicht mehr an die Uhr-Noten. Das Thema »Uhr« blieb unberührt – am Klavier, in meinen Gedanken und in den Gesprächen mit Richard.

Ende November stöberte ich in meinem Lieblingsplattengeschäft nach kleinen Weihnachtsgeschenken für die jugendliche Verwandtschaft und stieß unvermittelt auf eine CD mit Balladen, gesungen von Theo Adam. Ob den junge Leute noch kennen?, überlegte ich und schaute mir die Inhaltsliste an. Vielmehr ich schaute nur auf einen Titel: »Die Uhr von Carl Loewe«.
Nein, es gab nicht schon wieder ein Seelenbeben. Ich kaufte die Balladen-CD, sonst nichts, und fuhr nach Hause.

Am Morgen darauf, es war ein Sonntag, hörte ich mir »Die Uhr« mit Theo Adam zweimal an, heulte gewaltig und unternahm daraufhin einen langen Spaziergang, fest entschlossen, dieser Sache, diesem befremdlichen emotionalen Geschehen in mir, nun wirklich einmal auf den Grund zu gehen. Oder, wie Richard sagte, in mir aufzuräumen: Die Melodie der »Uhr« ist mir seit meiner Kindheit vertraut, überlegte ich, während ich drauflosslief. Von wem kenne ich sie? Wer hat sie gesungen? Wer hat überhaupt gesungen? Kann nur die Mutter gewesen sein. Hat gern gesungen, hatte eine schöne Stimme und kannte viele Lieder. War musikalisch. Wie ihr Vater, der allerdings hochmusikalisch war. Das erzählte sie oft. Der Großvater. An den ich mich nicht erinnern kann, obwohl ich ihn erlebt habe. Als ich zweieinhalb war, starb er. Manchmal durchzittert meine Seele eine Ahnung. Aber ich kann sie nicht greifen.

Ich marschierte weiter durchs Gelände und durch meine Gedanken: Wieso fällt mir bei der Loewe-Uhr der Großvater ein? Gibt es da einen Zusammenhang? Habe ich nicht schon jedes Mal, wenn ich dieses blöde Lied auf dem Klavier gespielt habe, an die Mutter und an den Großvater gedacht? Gibt es eine innere Verbindung zwischen Uhr, Mutter und Großvater? Mutter und Uhr: nein. Großvater und Uhr? Möglich. Der Großvater mag eine Taschenuhr gehabt haben, zu seiner Zeit trug man noch keine Armbanduhren. Aber ist das nicht zu konstruiert? Kann ich das herausfinden? Will ich das herausfinden? Soll ich, muss ich das herausfinden?

Trotz meines ehrlichen Vorsatzes kam ich nicht weiter mit meiner Nachforschung. Genervt begab ich mich auf den Heimweg und war die Spuren-Uhrensuche von jetzt auf nachher leid. Ich wollte nicht mehr. Ich hatte keine Erkenntnis gewonnen, keine Klarheit gefunden, kein Ergebnis erzielt, nichts erreicht.

Das komische Lied werde ich einfach nicht mehr spielen oder anhören, und wenn mir künftig jemand was von Uhren erzählt, nehme ich mich zusammen, beschloss ich. Muss doch zu machen sein. Wahrscheinlich gibt es überhaupt keinen Uhren-Tic in mir. Richard kann sich auch einmal geirrt haben.

Danach begann ich fröhlich meine Weihnachtsvorbereitungen. Ich stürze mich leidenschaftlich gern in dieses Folklorevergnügen.

Zehn Tage vor Heiligabend ruft mich mein Vetter Konrad an; macht er jedes Jahr, am vierzehnten Dezember, gegen zweiundzwanzig Uhr. Finde ich ausgesprochen nett. Wir plaudern ein bisschen, wünschen uns gegenseitig schöne Feiertage und verabschieden uns bis zum nächsten Jahr. Konrad ist der Sohn meiner Tante, der Schwester meiner Mutter, zehn Jahre älter als ich, evangelischer Pfarrer im Ruhestand, sehr sympathisch. Keiner von denen, die die theologische Weisheit mit Löffeln gefressen haben.

Während wir uns unterhalten, trifft mich ein Geistesblitz.

»Konrad, besaß unser Großvater eine Taschenuhr?«

»Wie? Was?«

»Ich frage, ob unser Großvater eine Taschenuhr hatte.«

»Du hast Ideen, Jule. Meinst du so eine, die man in die Westentasche steckt?«

»Richtig.«

»Ja, so eine hatte er. Eine silberne. Warum willst du das wissen?«

»Erklär ich später. Weißt du, was mit dieser Uhr passiert ist?«

»Das weiß ich noch ganz genau.«

»Wieso?«

»Weil es ein mächtiges Drama um die Uhr gab.«

»Ein ...« Meine Stimme versagt.

»Im Grunde genommen war es natürlich nur ein gemachtes Drama, ein familiengemachtes Drama, kein echtes. Aber du warst doch daran ... weißt du das nicht mehr?«

»Konrad, ich war zweieinhalb, als unser Großvater starb. Ich habe keinerlei Erinnerung mehr an ihn. Was war mit dem Drama und der Uhr?«

»Als unser Großvater seinen fünfundsiebzigsten Geburtstag feierte, wussten alle, dass er sehr krank war und nicht mehr lange leben würde. Ich war zwar erst zwölf, aber ich wusste es auch. Er wollte unbedingt noch einmal seine ganze Familie beieinander haben, es war ja mitten im Krieg ...« Er schweigt.

»Wie ging es weiter?«

»Wir sitzen bei ihm zu Hause am Kaffeetisch, also unsere Großmutter, meine Mutter, deine und alle sechs Enkel. Die Väter sind an der Front, wie man sagte. Du bist auf seinen Schoß gekrabbelt und hast an seiner Taschenuhr in der Westentasche herumgespielt. Rausziehen, reinstecken. Deckel auf, Deckel zu. Was kleine Kinder so machen.«

»Und dann?«

»Dann gibt dir Großvater die Uhr in die Hand und sagt: Aber vorsichtig sein. Du nimmst sie stolz in deine Patschhändchen und – peng – fällt sie auf den Boden. Der Glasdeckel geht kaputt. Alles schreit auf. Deine Mutter reißt dich von Großvaters Schoß und verabreicht dir eine fürchterliche Tracht Prügel ...«

»Mit zwei?«, flüstere ich.

»... unser Großvater beschwichtigt sie und meint, man könne die Uhr wieder reparieren. Eigentlich sei es seine Schuld. Er habe dir die Uhr doch gegeben.«

»Was habe ich gemacht?«

»Du? Du hast schrecklich geweint. Vor Schreck, weil dir die Uhr runtergefallen war, und auch wegen der Schläge.«

»Was haben die anderen gemacht?«

»Das, was sie immer gemacht haben in ähnlichen Situationen: Einen Haufen dummes Zeug geredet.

Manche gaben deiner Mutter recht, manche unserem Großvater. Die ganze Sache wurde schrecklich aufgebauscht und die Geburtstagsstimmung war natürlich im Eimer.«

»Und was hast du gemacht?«, frage ich.

»Daran erinnere ich mich auch noch. Ich habe mit dir gespielt. Du hast mir so leid getan in deinem Kummer.«

»Oh! Was war mit dem Großvater?«

»Der arme Mann hat die ganze Aufgeregtheit und die Prügel nicht verstanden. Kinder, Kinder, hat er gesagt, macht nicht so ein Drama. Unsere Julia ist eben noch zu klein, um mit meiner Taschenuhr zu spielen. Ist sie eben runtergefallen. Das ist doch nicht schlimm. Lasst uns in diesen unfriedlichen Zeiten wenigstens in der Familie ein bisschen friedlich zusammen sein. Und singt mir bitte noch mal mein Lieblingslied.«

»Wieso erinnerst du dich so gut daran, Konrad? Das ist immerhin Jahrzehnte her.«

»Tja ... vielleicht weil ich den Großvater sehr gern hatte und vielleicht weil er zwei Tage nach diesem Geburtstag gestorben ist.«

»Zwei Tage nach seinem Geburtstag ist er gestorben?«

»Ja. Julia, verrätst du mir endlich, weshalb du dich nach unserem Großvater erkundigst?«

»Nachdem du mir noch eine, nein zwei Fragen beantwortest hast, Konrad: Wer hat an seinem Geburtstag gesungen? Und was war sein Lieblingslied?«

»Deine Mutter hat gesungen, unsre Großmutter hat sie auf dem Klavier begleitet. Und welches Lied? Warte mal, was war denn das ...«

»Die Uhr von Carl Loewe?«

»Ja, das war's. Das hat er gern gehört. Und gern gesungen. Die Uhr von Carl Loewe. Ich trage, wo ich gehe ... aber wieso weißt du ...«

»Ich ruf dich wieder an«, schluchze ich ins Telefon und lege auf.

Benommen sitze ich auf der Couch, unfähig, mich zu rühren. Da gibt es eine Spur, denke ich, eine Spur in die Vergangenheit. In meiner Seele lebt etwas Vergessenes, etwas Verborgenes, etwas Verdrängtes. Das hat mit Tod und Trauer und dem Uhr-Lied zu tun. Richard, du hattest recht.

Ich weiß nicht, wie lange ich unbeweglich dasitze. Das Läuten des Telefons reißt mich aus der Erstarrung. Es ist Konrad.

»Jule, was ist los? Du hast einfach aufgelegt. Aber ich kann dich doch jetzt nicht allein lassen mit deinem Schluchzen. Mitten in der Nacht. Das geht nicht. Magst du mir nicht erzählen, was dich beschäftigt? Du weißt, ich bin Seelsorger. Wenn man das ein Mal gelernt hat, kann man es den Rest seines Lebens, auch im Ruhestand. Außerdem habe ich dich sehr gern und denke, ich kann dir vielleicht ein bisschen helfen. Und wenn ich nur zuhöre. Also sprich.«

Ich würge eine Portion Tränen herunter und muss lächeln. Konrad mit seinem liebevoll-energischen Ton, den ich schon als Kind an ihm mochte, gelingt es an diesem vierzehnten Dezember, mich zum Sprechen zu bringen. Ich erzähle ihm die ganze Uhrengeschichte. Von A bis Z. Das heißt von A bis U. Den Teil mit Richard lasse ich weg.

Konrad hört schweigend und aufmerksam zu. »Sehr spannend«, sagt er dann, »ausgesprochen interessant. Ich denke, du bist schon auf dem richtigen Weg. Aber ich könnte mir vorstellen, dass du bei deiner Recherche nur auf drei Komponenten des Verdrängten gestoßen bist, nämlich auf Trauer, Tod und Lied. Meines Erachtens handelt es sich jedoch um vier Komponenten.«
»Vier? Welche Komponente denn noch?«
»Schuld.«
»Schuld? – Trauer, Tod, Lied, Schuld? So?«
»Ja, aber in anderer Reihenfolge: Schuld, Tod, Trauer, Lied.«
»Das musst du mir erklären, Konrad.«
»Es handelt sich eher um eine Intuition, Jule. Ich bin kein Psychoanalytiker, nur ein Mensch mit langjäh-

riger seelsorgerlicher Erfahrung. Und aus der heraus möchte ich dir eine kleine Geschichte erzählen, von der mir ein Mann berichtet hat. Darf ich?«

»Natürlich.«

»Dieser Mann hatte, als er ein Junge von sechs Jahren war, einige Hühner, von denen er eines besonders liebte: Ein weißes Leghorn, das sich auf den Arm nehmen und streicheln ließ, dem er immer die besten Würmer brachte und dem er an hohen Feiertagen eine rote Schleife umband. Das Huhn hatte er Marianne getauft, und wenn er es beim Namen rief, kam es wahrhaftig herbeigelaufen. Eines Tages nun entdeckte der Junge, dass seine schöne Marianne schmutzige Füße hatte. Das kannte er überhaupt nicht an ihr. Sein Lieblingshuhn und schmutzige Füße! Also ergriff er die Gießkanne, die neben dem Hühnerhof stand, füllte sie mit Wasser, packte Marianne und begoss ihre Füße. Ihr gefiel das nicht. Aber er ließ nicht locker. Und weil die Prozedur beim ersten Mal nicht half, wiederholte er sie noch zweimal, bis Mariannes Füße sauber waren. Am Tag darauf wurde sie geschlachtet. Entsetzt fragte er seine Mutter, warum. Die sagte nur: ›Das Huhn war krank.‹ Für den Jungen war aber klar, dass er schuld am Tod seines Lieblingshuhns war. Hätte er nicht, dachte er, dessen Füße mit dem kalten Wasser aus der Gießkanne gewaschen, wäre es nicht krank geworden und hätte nicht sterben müssen. Er traute sich nicht – aus Angst vor Strafe –, mit irgendjemandem darüber zu sprechen und trug das Gefühl von Schuld jahrzehntelang in sich. Erst viel später, er war schon ein erwachsener Mann, klärte sich alles auf – per Zufall. Bei einer Familienfeier kam das Gepräch auf früher und auf die Hühner, die man hatte. ›Du hattest ja dein Lieblingshuhn‹, sagte seine Mutter, ›das hat auch eifrig gelegt, musste aber irgendwann geschlachtet werden, weil es Legenot hatte.‹ In diesem Moment fiel dem Mann eine große Last von der Seele und er verstand: Nicht er war schuld am Tod des Huhns, sondern eine Krankheit.«

»So«, sage ich, »und du meinst, da gäbe es eine Parallele zu mir? Aber der Junge in deiner Geschichte war doch älter als ich damals.«

»Stimmt, und er konnte sich auch ein Leben lang an sein Gefühl von Schuld erinnern – im Gegensatz zu dir. Trotzdem bin ich überzeugt davon, dass Parallelen existieren«, erwidert Konrad. »Für mich ergibt das Sinn. Du machst dem Opa die silberne Taschenuhr kaputt, das ist etwas furchtbar Schlimmes. So magst du es als kleines Kind empfunden haben. Die Mutter prügelt dich zur Strafe und der Opa stirbt zur Strafe. Wir wissen ja auch nicht, was deine Mutter dir alles gesagt hat in ihrem Zorn, als die Scherben auf dem Boden lagen. Mit Sicherheit schreckliche Dinge für dich als zweijähriges Kind. Du entwickelst ein immenses Schuldgefühl, über das du nicht, klein wie du bist, sprechen kannst, das du indes verdrängst – bis viele Jahre später beim Anhören des Liedes ›Die Uhr‹ Gefühle völlig unbekannter Herkunft in dir aufsteigen. Und mit der Zeit kommen die Gefühle um die verdrängten Komponenten Schuld, Tod, Trauer immer stärker in dir hoch, sobald du das Lied hörst oder spielst. Ich halte das für absolut logisch. Vorhin habe ich schon gesagt, ich bin kein Analytiker. Und ich will auch keiner sein. Wenn ich jedoch meinen bescheidenen Verstand gebrauche, komme ich zusammen mit meiner Erfahrung zu keinem anderen Schluss, Julia.«

Ich lausche in mich hinein. Auf eine seltsame ungewohnte Art bin ich ruhig geworden. Als habe mich jemand getröstet, mich in den Schlaf gewiegt und mir eingesungen: »Alles ist gut. Du hast nichts Schlimmes gemacht. Du warst nicht böse. Du hast den Opa nicht tot gemacht.«

»Konrad, und wenn ich Heulkrämpfe kriege, sobald ich ›Die Uhr‹ spiele, das ist nicht ein Zeichen von Verrücktwerden im Kopf? Oder Krankwerden in der Seele?«
»Aber Jule, das ist ein Zeichen von Gesundwerden, von Heilwerden, von Genesung. Manchmal dauert

es Jahrzehnte, bis so etwas geschieht. Lass es zu und freue dich daran.«

»Ist ein bisschen viel verlangt«, wende ich leise ein.

»Ich sage das deswegen«, fährt er fort, »weil die meisten Menschen leider Gottes keine Ahnung von seelischen oder psychischen Vorgängen haben und keine Ahnung haben wollen, nichts zulassen, was an die Oberfläche des Bewusstseins dringen möchte. Die laufen natürlich am ehesten Gefahr, dement oder krank zu werden. Was dir geschieht mit der ›Uhr‹ ist eine große Chance, in deinem Leben aufzuräumen.«

»Aufräumen. Sagt Richard auch.«

»Wer ist Richard?«

»Ääh, das ist der einzige Mann in meinem Leben, der mich Julchen nennen darf. Ein Freund. Mein Freund. Mein psychosomatischer Freund. Einsneunzig, schlank, vierundsiebzig, braunhaarig, verwitwet, Vater dreier in der ganzen Welt verstreut lebender Kinder, Großvater von sieben Enkeln, früher Studienrat, heute Juliarat.«

Konrad lacht: »Verstehe. Psychosomatischer Freund klingt gut. Grüß ihn schön von mir. Und jetzt tschüs, gute Nacht, gute Weihnacht und so weiter.«

Es war Mitternacht, Zeit, schlafen zu gehen. Ich ging jedoch ans Klavier, setzte die Kopfhörer auf und begann vorsichtig »Die Uhr« zu spielen und zu singen. Leise zu singen. Ich kam ganz gut durch. Meine Stimme wackelte zwar ein bisschen, blieb jedoch fest – bis zur letzten Zeile: »Sieh Herr, ich hab nichts ver-dor- -ben, sie blieb von sel-ber stehn.« Während ich bedächtig vor mich hinschluchzte, sprach mein Herz: »Es ist Genesung. Konrad sagt, es ist Genesung. Es ist Heilwerden, es ist Gesundwerden.«

Weihnachten feiere ich immer mit Richard zusammen. Mit ihm am liebsten, weil er mir nach allem, was ich je an diesen unheiligen Tagen und Abenden erlebt habe, unendlich gut tut. Er ist so offen, freundlich, ruhig, rücksichtsvoll, charmant, aufmerksam, klug, humorvoll, geistreich, phantasievoll, so wie es eigentlich gar keinen Mann gibt – höchstens in den Heirats- und Bekanntschaftsanzeigen ... Mal sind wir Weihnachten bei ihm zu Hause. Mal bei mir – wie in diesem Jahr.

Bescherung an Heiligabend findet vor dem Abendessen statt. Jeder darf dem anderen *eine* Sache schenken, ob groß oder klein, spielt keine Rolle, aber nur eine einzige Sache. Danach essen wir Würstchen mit Kartoffelsalat, unterhalten uns, lesen etwas, trinken ein Glas Wein, und später gehen wir in die Christmette.

»Du siehst gut aus«, sagte Richard, als er an Heiligabend gegen siebzehn Uhr kam, eine prächtige rote Amaryllis im Arm. »Richtig gut und prima.«

»Ich fühle mich auch so«, entgegnete ich.

»Wieso? Was ist passiert?«

»Erzähl ich dir nachher.«

Wir hörten ein bisschen Weihnachtsoratorium und anderes Feines wie »O Tannenbaum«, von Nat King Cole gesungen, und bescherten uns nach dem Heiligabendkuss.

Richard schenkte mir einen Gutschein – liebevoll gestaltet – für einen vierwöchigen Amrum-Aufenthalt im kommenden Jahr.

Ich überreichte ihm ein kleines Päckchen, das er sorgsam entgegennahm.

»Lass mich raten«, sagte er und bewegte es hin und her. »Nein, ich mache es lieber gleich auf.«

Ein Etui kam zum Vorschein.

»Da steht Juwelier Goldmann drauf. Julia, du hast doch keine Dummheiten gemacht?«

»Nein.«

Er öffnete das Etui, wickelte den Inhalt aus – eine silberne Herren-Taschenuhr.

»Julchen«, rief er. »Was um alles in der Welt ... wie kommst du dazu ... Du hast aufgeräumt, stimmt's?«

Ich nickte stumm.

»Lass dich umarmen.«

Er drückte mich so fest an sich, als wolle er mich nie mehr loslassen.

Als er es doch tat, bemerkte ich Tränen in seinen Augen, aber ich sagte nichts dazu.
»Es ist auch was eingraviert«, flüsterte ich.
Auf der Rückseite des Deckels entdeckte er die zwei Worte: »Danke. Julchen.«

Dann war »nachher« und ich erzählte ihm, was geschehen war. Es wurde der längste Heiligabend meines Lebens.

Um zwei Uhr in der Nacht stellten wir fest, dass wir die Christmette vergessen hatten. Um halb drei saßen wir zusammen am Klavier. Ich setzte die Kopfhörer auf und spielte »Die Uhr«. Richard hielt mich im Arm und sang leise mit.

Das ist kein Arschiv

Zuerst waren es Wollfädchen. Dann Steine, Tierfigürchen, Briefmarken, Postkarten, Kalenderblätter, Zuckertütchen und Witze. Erfahrungen hat Adele auch gesammelt. Zuerst gemacht und dann gesammelt. Gute wie schlechte.
Was hat sie noch gesammelt? Bücher, Schallplatten, Schneckenhäuser.

Liebhaber? Nein, die hat Adele nicht gesammelt. Liebhaber hat ihre Freundin Helmtraud gesammelt. Hat sie nachts im Dunkeln mit einer Tausend-Watt-Cognac-Flasche angelockt, geliebhabert, fotografiert und danach die Fotos aufgespießt. Mit einer Stecknadel aufgespießt. Jetzt liegen sie nach Herkunft, Gewicht, Größe und Alter geordnet in einem Kasten auf Watte und können durch einen Glasdeckel betrachtet werden. Zweihundertvierunddreißig Liebhaberchen.

Liebhaber also hat Adele nicht gesammelt. Aber etwas hat sie gesammelt, von dem noch nicht die

Rede war: nämlich Sprüche, Wortschöpfungen, Sprachkuriositäten und Stilblüten. Und die sammelt sie heute noch.

Nun, nach vielen Jahren des Sammelns liebäugelt sie, weil ihr Helmtrauds Kasten damals gut gefiel, mit dem Gedanken, sich auch so etwas machen zu lassen, eine Art gläserne Kommode. Eine etwa 1,80 Meter lange, 0,90 Meter tiefe und 1,20 Meter hohe Kommode mit zehn Schubladen, einer sehr großen oben und, verteilt auf drei Etagen, neun kleineren. Alle Schubladen würde sie mit Samt ausschlagen. Unter dem Samt befänden sich schmale rillenartige Vertiefungen – ähnlich den Einteilungen in edleren Besteckkästen –, in die sie ihre Fundstücke stecken könnte. Selbstverständlich erst nachdem sie sie säuberlich von Hand auf ein Karteikärtchen notiert hätte: Herkunft, Datum und Kategorie. Die gläserne Kommode würde Adele in ihren Wintergarten stellen als beeindruckendes Sammelsamtgesamtkunstwerk, denn alle zehn Schubladen wären verschiedenfarbig ausgestattet.

In der linken Schublade der oberen Reihe zum Beispiel läge dunkelgrüner Samt. Dort hinein kämen die Objekte aus Tageszeitungen, und zwar auf sonnengelben Karteikärtchen. In der mittleren Schublade der oberen Reihe läge türkisfarbener Samt. Dort hinein kämen die Objekte aus dem Rundfunk, auf feuerroten Karteikärtchen. In der rechten Schublade der oberen Reihe läge himmelblauer Samt. Dort hinein kämen die Objekte aus dem Fernsehen, auf orangefarbenen Karteikärtchen. Dann gäbe es noch sechs andere Schubladen mit sechs anderen Samtfarben und den dazugehörenden Kärtchen: Zitronengelb für Wochenzeitungen, Karteikärtchen immergrün; Mitternachtsblau für (Fach-)Zeitschriften, Karteikärtchen altrosa; Schilfgrün für Werbebroschüren, Karteikärtchen ziegelrot; Rostbraun für Wissenschaftsarbeiten, Karteikärtchen hellgrau; Neonpink für Ratgeber, Karteikärtchen dunkelgrau; Eierschalweiß für Privates, Karteikärtchen: olivgrün. Die große obere Schublade wäre mit lilafarbenem Samt ausgeschlagen. Dort hinein kämen – auf die linke Hälfte – besonders wertvolle Objekte, kostbare Sprachstücke, Stilpretiosen auf silbernen, goldenen, platinierten Karteikärtchen.

Adeles fünfjähriger Enkel Robert hat beispielsweise erklärt, wenn er groß ist, wird er *Naturschaftler.* Diese Ankündigung würde silbern auf lilafarbenem Samt liegen.

In der rechten Hälfte der oberen Schublade würde Adele ihre eigenen Ideen aufbewahren, zur Unterscheidung von den Fremdsprüchen auf neutralen hellfliederfarbenen Karteikärtchen, etwa die Notiz: *Analog zu Roberts »Naturschaftler« könnte ich mich doch »Sprachschaftler« nennen, evtl. auch »Sprachschaftlerin«. Überlegen, ob mit zwei ff.*

Doch Adele ist nicht ganz sicher, ob es wirklich eine gute Idee ist, den Sprachmerkwürdigkeiten eine so auffallend bunte Unterkunft in ihrem Zuhause zu gewähren. Oder ob sie besser die Zettelspieß-Laufmappe-Schuhkarton-Ordnung beibehält.

Das Sammeln von Absurditäten, Wortschöpfungen, Kuriositäten und Stilblüten bereitet Adele seit vielen Jahren Vergnügen, hat jedoch mittlerweile einige Charakteristika dazugewonnen. Es ist ein Mentalitäts-Sport geworden. Trainiert Adeles Geist, stärkt ihr Gemüt, fordert ihre Toleranzbereitschaft und ihre Akzeptanzfähigkeit hinsichtlich Wandel, Veränderungen in Gesellschaft und Sprache heraus.

Sagt zum Beispiel ihre achtjährige Enkelin Lina: »Meine Hausaufgaben hab ich schon in der Schule gemacht, *isch schwör auf Gott*«, fordert das Adeles Akzeptanzfähigkeit heraus und sie fragt: »Wo hast du das denn her?« »Aus meiner Klasse.« Verkündet die Enkelin eine Minute später mit erwartungsvollem Augenaufschlag: »Ess isch heut nur Nudeln, *isch schwör auf Gott*«, entgegnet Adele: »Wenn du den

Ausdruck schon benutzt, dann schwöre *bei* Gott, nicht *auf* Gott.« Kommt noch ein dritter Versuch seitens der Enkelin: »*Trink isch aber nur Wasser, Alter, isch schwör!*«, und Adele erwidert: »*Gebongt, Alter*«, dann ist genau das der erwähnte Mentalitätssport. *Isch schwör.*

Adele liebt Sprache. Sie liebt Sprache so, wie andere Menschen Blumen lieben. Oder Musik. Oder Tiere. Sie liebt den Erfindungsreichtum, die Verwandlungsfähigkeit von Sprache, die großartigen Ausdrucksmöglichkeiten. Nun ist der Begriff »lieben« ja immer problematisch, weil jeder etwas anderes darunter versteht. Aber als Darstellungs- und Beschreibungsmittel taugt er hier schon.

Die Liebe zur Sprache brachte Adele zu ihrem Beruf. Sie wurde Redakteurin, schrieb eigene Texte und hatte mit Texten anderer Leute zu tun. Sie redigierte, lektorierte, korrigierte und begann zu sammeln. Das erste Objekt indes ist kein geschriebenes, sondern ein erlebtes und stammt vom Sportredakteur einer mittelgroßen Zeitung.

Er erbat sich eines Tages per Haustelefon vom Archiv – damals gab es in den Redaktionen noch keine Computer – Recherche-Unterlagen für eine internationale Handballmeisterschaft. Das Archiv hatte seit einem Monat eine neue Leitung. Der bisherige Archivar, ein kompetenter freundlicher Mann, war in den Ruhestand gegangen. Die neue Leitung war eine Frau Ende vierzig, von der Natur zwar mit einem netten Wesen und einem wachen Geist bedacht, aber mit einem missglückten Körper. Dessen untere Etage war doppelt so breit wie die obere und mit überdimensionalen Rundungen ausgestattet. Die obere Etage ab Taille aufwärts saß wie verdreht auf der unteren. Ein Faktum, das durch zu enge Röcke und Blusen nicht wettgemacht wurde. Als sei dies nicht genug Handikap, kam noch eine Hasenscharte hinzu, die man damals nicht gut behandeln konnte und die verursachte, dass die neue Archivchefin undeutlich und sehr nasal sprach.

Mit ihr telefonierte der Sportredakteur, trug seinen Wunsch vor und schrie gleich darauf: »Wie bitte? Können Sie das wiederholen? Ich habe Sie nicht verstanden. Aber das kann doch gar nicht … Sagen Sie das noch mal bitte deutlich … Sie haben was …?« Er warf den Hörer auf die Gabel, riss sich die Krawatte vom Hals, rannte auf den Flur hinaus und brüllte: »So was gibt's doch nicht. So was kann's doch gar nicht geben. Das ist kein Archiv, das ist ein … Das ist kein Arschiv, das ist ein …«
Aus allen Redaktionszimmern liefen die Kollegen herbei, um zu sehen, was es gäbe. Sie kriegten es

aber erst heraus, nachdem sich der Sportredakteur an seiner Cognacflasche beruhigt hatte. »Sie hat gesagt«, keuchte er, »sie habe den alten Kram weggeschmissen. Den alten Kram, hat sie gesagt. Stellt euch mal vor: In unserem Arschiv schmeißt die blöde Kuh unsere alten Unterlagen weg. Das ist kein Arschiv. Das ist ein schiefer Arsch.«

Glaskommode: sonnengelbes Kärtchen auf dunkelgrünem Samt.

Ein weiteres Charakteristikum von Adeles Sammeltätigkeit ist außer dem Mentalitäts-Sport der Wunsch, zu dokumentieren, festzuhalten, welcher stilistische, grammatische und orthografische Unfug sich seit etlichen Jahren in Büchern oder Hochglanzbroschüren tummelt, welches Wortgefuchtel in Zeitungen, Zeitschriften und Ratgebern geschrieben, im Radio gesprochen, im Fernsehen gesendet oder sonstwie veröffentlicht wird. Adele empfindet die Verpflichtung dazu, eine Art Verantwortlichkeit, dies zu überliefern. Die Schlampereien der privaten, vor allem jedoch der öffentlichen sowie veröffentlichten gesprochenen und geschriebenen Sprache waren noch nie so groß, so gewaltig, so allumfassend wie heutzutage.

Diese betrübliche Tatsache wird durch drei Faktoren belegt:

Erstens: Die gesellschaftliche Ignoranz der sprachlichen Verunkrautung ist ebenso immens geworden wie das Ausmaß derselben.

Zweitens: Sorgfalt in und mit der Sprache wird kaum noch gelehrt, gelernt und wertgeschätzt.

Drittens: Die Rechtfertigung für alles Fehlerhafte und für den Widerstand gegen alles Korrekte heißt: »Seit der Rechtschreibreform weiß kein Mensch mehr, was richtig ist.« Deswegen werde so geschrieben, wie man es in der Schule gelernt habe. Aber in vielen Fällen ist offenbar das Richtige nicht in Erinnerung geblieben.

Adele hat im Laufe ihres Berufslebens bei der Arbeit des Redigierens, Korrigierens, Lektorierens oft Lachkoller gekriegt, Wutanfälle gekriegt, ist vom Staunen in die Fassungslosigkeit und vom Verbesserungseifer in tiefe Nachdenklichkeit gestürzt.

Einmal hat ihr die Texterin einer aufwendig gestylten Broschüre über ein Kunststoffprodukt gesagt: »Wenn ich gewusst hätte, dass so viele Fehler in dem Text sind, hätte ich ihn doch gar nicht zum Korrigieren gegeben. Da fühlt man sich ja wie in der Schule.«

Adele war irritiert ob dieser Feststellung und nahe daran, sich zu entschuldigen, dass sie so viele Fehler korrigieren musste. Aber sie beherrschte sich und beschwichtigte die Dame: Dazu lasse man doch noch einmal schauen, damit das Endprodukt so gut wie möglich werde, undsoweiterundsoweiter. Fazit: Von dieser Dame erhielt Adele nie mehr einen Auftrag. Und die weiteren Broschüren wurden mit allen Fehlern gedruckt. Hauptsache: Hochglanz und Style. Ob da nun steht: *Das müssen sich die verantwortlichen Hersteller unter den Nagel schreiben* oder *Die Bedeutung, die Führungskräfte auf Einstellung und Zielerreichung haben, ist von hoher Bedeutung* ist einer solchen Dame beziehungsweise ihrem Konzern wohl völlig egal. Sie merken nicht mehr, welchen Mist sie veröffentlichen. Und wenn doch, ist es ihnen auch egal.

Ein Produktmanager hat in einem Mustertext für Einladungen an hochkarätige Gäste geschrieben: *Schirmfrau der Veranstaltung ist Amanda Gräfin ...* Das war ein Superschlauer, ein Winner, einer von denen, die immer alles wissen. Die wissen auch, behaupten sie, dass man im einundzwanzigsten Jahrhundert nicht mehr »Schirmherrin« sagt, sondern »Schirmfrau«. Wenn er wenigstens »Schirmdame« geschrieben hätte, hätte es noch einige Logik gehabt. Aber »Schirmfrau«! Auf die Idee, *Schirmmann der Veranstaltung ist Baron Fürchtegott Stolperstein* zu schreiben, kommt er nicht. Allerdings auch nicht auf die Idee, sein Geschriebenes unter Inanspruchnahme seines Gehirns zu prüfen. Oder zu recherchieren – heutzutage wird alles recherchiert –, woher sprachgeschichtlich das Wort »Frau« stammt. Dabei wäre er zum Beispiel auf die Tatsache gestoßen, dass das Wort Frau im Mittelhochdeutschen *vrouwe* hieß und im Althochdeutschen *frouwe*. Und beides, schreibt der Duden, sind weibliche Bildungen zu einem im Deutschen untergegangenen germanischen Wort für *Herr*. Im gotischen Wort *frauja* und im altenglischen Wort *friega* ist es noch bewahrt. Aufgepasst: Sowohl *frauja* wie *friega* bedeutet Herr. Und ganz ursprünglich bedeutet es *der Erste*. Demnach ist in diesem Fall der Gebrauch des Wortes »Schirmfrau« völliger Unsinn, denn was bezweckt werden soll, nämlich die Gleichstellung von männlicher und weiblicher Bezeichnung, wird überhaupt nicht erreicht. Und das Wort »Schirmherrin« wäre absolut richtig, sprachlich und gesellschaftlich!

Nun, von einem Winner ist es wohl zu viel verlangt, vor der Benutzung des Wortes »Schirmfrau« die sprachgeschichtliche Bedeutung des Wortes Frau zu überprüfen. Er ist zu sehr mit der Pflege seines Egos beschäftigt, als dass er Zeit fände, sich mit seiner Denkweise zu befassen.

Auch wenn neuerdings immer öfter das lächerliche »Schirmfrau« zu lesen und zu hören ist: »Schirmherrin« ist nach wie vor richtig.

Die relevante Frage hinsichtlich der Schlampereien in der gesprochenen und geschriebenen Sprache war anfangs für Adele: Amüsiert sein oder entsetzt? Lachen oder Haare raufen?

Nach längeren persönlichkeitsinternen Disputen hat sie sich grundsätzlich fürs Amüsiertsein und fürs Lachen entschieden, denn Lacher hat sie mehr als Haare. Doch wie sie sich auch entscheidet: *Sie kann dem Rat des Sprachverfalls nicht in die Weichen greifen.* Und bekäme viel zu tun mit dem Beschriften und Einsortieren von Karteikärtchen.

Natürlich ist ihr klar, dass sie durch das Notieren, Aufschreiben, Sammeln der Aussprüche nichts, aber auch gar nichts bewirkt. Diejenigen, die sich für das Thema interessieren, geben sich meist selbst große Mühe, richtig zu sprechen oder zu schreiben, und die anderen, die sagen: Ich rede so, wie ich denke, und ich schreibe so, wie ich rede und wie ich's gelernt habe, und wem's nicht passt, der braucht ja nicht zuzuhören oder nicht zuzulesen – also die Menschen, Schreiber, Sprecherinnen, Redner, Autorinnen, Texter, Moderatorinnen, Politiker sind gar nicht zu erreichen. Die wollen nichts dazulernen, nicht ihren Horizont erweitern, weder ihre sprachliche noch ihre menschliche Kompetenz vergrößern, verbessern, optimieren, wie man heutzutage sagt, sich in Sachen Bildung weiterentwickeln.

Aber nicht nur in Sachen Bildung nicht. Denen ist generell nicht beizukommen, ist nicht zu helfen. Die können auch weiterhin Tschutschini sagen, wenn sie Zucchini meinen (richtig gesprochen: Zuckini), Tschetschenen mit Tschechen verwechseln, eine Frau mit Kopftuch, also eine Muslima, eine Islamistin nennen, Ostern als Fest zu Ehren der Hasen bezeichnen, alle Wörter, die mit Psy beginnen – wie Psychologie, Psychotherapie, Psychiatrie –, für Bestandteile von Verrücktsein halten, das Schlagen von Kindern zu einer notwendigen pädagogischen Maßnahme erklären und von Hitler wissen, dass das der Typ war, gegen den Napoleon den Ersten Weltkrieg gewonnen hat und …

… Man sieht, gelegentlich fällt es Adele doch schwer, den Katastrophen des Denkens, des Sprechens und des Schreibens immer gleich mit Amüsiertheit zu begegnen. Zuerst muss sie sich ihrer Empörung hingeben dürfen. Wenn die abgearbeitet ist, kommt ihr Bewertungsmodus an die Reihe. Wenn sie den ausbalanciert hat, erst dann können, allmählich, ganz allmählich Gelassenheit und Heiterkeit in ihr Platz nehmen. Aber das braucht Zeit. Und sie muss sich immer wieder mit der Tatsache auseinandersetzen und versöhnen: Jedermann hat das Recht, seine eigene Dummheit nach bestem Wissen weiterzuentwickeln, auszugestalten und zu festigen. Bis er hochgedummt ist.

Kein menschlicher Zustand ist so weit verbreitet wie die Dummheit. Die Dummheit des Denkens. Des Sprechens. Des Schreibens. Auch die des Handelns. Und des Fühlens.

Zu demonstrieren ist dieser bedauerliche Zustand der Dummheit an zwei so außerordentlich beliebten wie außerordentlich schwachsinnigen modernen Ausdrücken: *zeitnah* und *zukunftsfähig*. *Zeitnah* bedeutet *zeitgemäß, aktuell, gegenwartsbezogen*, aber keinesfalls *pünktlich, zur rechten Zeit, rechtzeitig, zu gegebener Zeit*. In diesem Sinn wird es in der aktuellen Geschäftskommunikation allerdings gebraucht: *Den genauen Beginn der Veranstaltung werden wir Ihnen zeitnah mitteilen.* Warum in aller Welt benutzt man das dämliche falsche *zeitnah* und nicht etwa die korrekte Formulierung *rechtzeitig*? Weil *zeitnah* nur zweisilbig ist oder cooler klingt? Oder aus welchem anderen Grund? *Damit Sie Ihren Zug am zeitnächsten erreichen, stellen wir Ihnen zeitnah unseren Chauffeur zur Verfügung ...* So weit kommt es, wenn Angeberei und Stupidität eine Beziehung eingehen. Das Ergebnis ist *suboptimal.* Dieser Ausdruck ist ebenfalls weit verbreitet, hat jedoch im Unterschied zu *zeitnah* Witz und Pep.

Wie viele Trends, Entwicklungen, Firmen, Unternehmen werden als *zukunftsfähig* beschrieben.

Was zum Teufel denken sich Manager, Finanz-dienstleister, Gesellschafts- und Parteipolitik-schwätzer, Prognostizierer und Ähnliche beim Gebrauch dieses Wortes? Erkennt niemand dessen Blödsinn? Was heißt denn *zukunftsfähig* anderes als *fähig für die Zukunft?* Und was soll das bedeu-ten? Inhaltlich bedeuten? Bitte alle Benutzer dieses Begriffs – von der Bundeskanzlerin bis zum Grund-schulleiter – einen Moment innehalten und prüfen: Was will ich eigentlich mit dem Wort *zukunftsfä-hig* ausdrücken? *Auch künftig am Markt erfolgreich sein* zum Beispiel? Oder *wettbewerbsfähig sein? Oder sinnvolle Arbeit leisten? Künftig Chancen haben, gute Aussichten auf Erfolg haben?* Warum sagen sie es dann nicht?

Wieso *zukunftsfähig?* Wieso für etwas so Unbere-chenbares, Nebulöses wie die Zukunft fähig sein? In jedweder Hinsicht: wirtschaftlich, innenpolitisch, außenpolitisch, geopolitisch, gesellschaftlich, per-sönlich? Sind die heutigen real existierenden Ver-hältnisse in Politik und Wirtschaft *vergangenheitsfä-hig,* sind sie *gegenwartsfähig?* Ist man das in seinen persönlichen Bezügen?

Das törichte *zukunftsfähig* steht auch im Duden. Will aber nichts heißen. Den Duden in allen Ehren, Adele benutzt ihn täglich, aber seinen Hang, der grassierenden sprachlichen Verdummung zu folgen und *suboptimale* neue Ausdrücke in sein »Standardwerk« aufzunehmen, kann sie nicht gutheißen, findet sie ausgesprochen ärgerlich.

Doch sie will sich ja nicht die Haare raufen, sondern darüber lachen …

Wir sind als eines der mittelständischsten Unternehmen unserer Branche gut aufgestellt und werden uns zeitnah am Ende dieses Quartals final am zukunftsfähigsten gegenüber unseren Mitbewerbern am Konkurrenzmarkt optimalst präsentieren.

Diese Aussage hat Adele aus diversen Fundstücken wortgetreu zusammengesetzt. Alle anderen Objekte stammen aus Fernsehen, Rundfunk, Zeitung, Zeitschriften, Werbebroschüren und Ähnlichem und sind original zitiert. Das Internet berücksichtigt sie nicht. Aus gutem Grund.

Wir sollten nicht umhin, uns über den Tellerrand unserer Verbandspolitik hin zu neuen Ufern aufzumachen.

Die Verschiebung des Termins wird auf einen Termin auf Donnerstag verschoben.

Die Bundesregierung plant eine Initiative gegen Verkehrstote.

Die Stammtische schlagen bei diesem Thema hohe Wellen.

Manche Branchen bieten Sonderangebote zu sensationellen Angebotspreisen an.

Wenn jemand Unbedarftes erklärt: *Die einzigste Sache, wo hier stimmt, passt wie Faust aufs Auge,* kann Adele weghören. Dann stellt sie die Ohren auf Durchzug. *Einzig* kann nun mal nicht gesteigert werden, und die Redewendung *Das passt wie die Faust aufs Auge* wird seit einiger Zeit völlig falsch benutzt, und zwar in dem Sinn, dass etwas wirklich passen würde. Ursprünglich ist aber das Gegenteil gemeint: Die Faust gehört nämlich nicht aufs Auge. Die meisten Menschen reden nur drauflos, unter Einbeziehung ihrer Zunge, ihrer Lippen, ihrer Stimmbänder, aber nicht unter Einbeziehung ihres Verstandes oder einer vernunftähnlichen Instanz.

Schreibt eine Frau in einer autobiographischen Erzählung: *Ich freue mich aus Gründen, denen im Grund kein Grund zugrunde liegt,* kann sich Adele auch freuen. Kann sich ergötzen an dieser skurrilen Formulierung. Darauf käme kein Schriftsteller, keine Deutschlehrerin, kein Journalist. Dieser Satz ist ein großartiges Unikat: oberste Schublade, lila Samt, silbernes Kärtchen.

Wenn aber Profis, Journalisten, Redakteurinnen, Moderatoren keinen Genitiv oder Akkusativ mehr bilden können und zum Beispiel ein Professor für Erziehungswissenschaften in einer Rundfunksendung über Analphabetismus in Deutschland sagt: *Die Mutter,* dessen *Kinder nicht lesen können,* und ein Professor für Entwicklungspsychologie entgegnet: *Na ja, jede Zeit hat halt* seine *Phänomene,* dann schreibt sich Adele das auf. Will es dokumentieren. Damit sie es selbst später noch nachlesen und glauben kann. Nur sie selbst. Und für die wenigen anderen, die sich dafür interessieren. Vielleicht. Gelegentlich. Und damit sie später noch einmal lachen kann darüber – nachdem sie sich die Haare gerauft hat.

Sportler sagen neuerdings gern: *Die Leistung der gegnerischen Mannschaft hat mir Respekt abgezollt.* Sprachlich ist diese Formulierung absolut falsch und absolut unsinnig. Richtig heißt es: *Die Leistung der gegenerischen Mannschaft hat mir Respekt abverlangt.* Oder: *Der Leistung der gegnerischen Mannschaft zolle ich Respekt.* Da es nun aber manchen Sportlern zu schwer fällt, einen schlichten Satz mit einem schlichten Dativ zu beginnen, entwickeln sie kurzerhand eine neue Konstruktion – und schon wieder gibt es einen sprachlichen Unglücksfall mehr. Denn auch hier trifft das sagenhafte Phänomen aller menschlichen Lebensbereiche zu: Veränderungen zum Schlechten, zu minderer Qualität geschehen blitzschnell. So kommt es, dass man das dämliche *Respekt abzollen* immer öfter hört und liest. Sogar in ehemals angesehenen Publikumszeitschriften.

Über die Durchführungsverordnungsvorhaben, die die betrieblichen Vorgaben näher konkretisieren, werden entscheidende Weichen zu den Anforderungen in baulicher und personeller Hinsicht oder im Bereich Mitwirkung gestellt.

Ist da irgendetwas, irgendein Gedanke, eine Idee, eine inhaltliche Aussage zu verstehen?
Nein, niemand versteht etwas, es klingt dumm, eingebildet und aufgebläht.

Und wie ist es bei:
Um die so weit kategorisierten Aussagen mit Bezug zum theoretischen Kontext interpretativ bearbeiten zu können, werden die Aussagen in weiteren Auswertungsschritten nach Themenfeldern kategorisiert, anschließend jeweils unterkategorisiert, um abschließend in einem weiteren Bearbeitungsschritt metakategorisiert zu werden.

Hierbei erhält der Leser wenigstens den Hauch einer Ahnung von dem, was gemeint ist: Irgendwelche Aussagen werden ausgewertet, in unterschiedliche Kategorien eingeteilt und noch weiter unterteilt. Hätte man auch wesentlich einfacher und verständlicher ausdrücken können. Aber dann klänge es nicht mehr nach »Herrschaftswissen« und akademisch beziehungsweise wissenschaftlich, was ja wohl die Intention des Autors ist.

Auch hier ist es das Ziel des Parteivorsitzenden, das Thema in den zuständigen Ausschuss zu tragen und für das gemeinsame Beschreiten von Lösungswegen weitere Partner ins Boot zu holen.

Wie die neueste Erfahrung zeigt, hat sich die eingeführte Maßnahme verdient gemacht, um als fünfte Säule des Versorgungssystems fortgeführt zu werden.

Diese beiden Aussagen muss man lesen, wie man ein Bonbon lutscht: langsam und genüsslich. Beim Bonbon will man die Süße und die Würze schmecken. Bei diesen Aussagen soll man das Schwadronieren und die Phrasendrescherei der Parteipolitik und Verbandspolitik schmecken.

Erste Aussage: *Für das gemeinsame Beschreiten von Lösungswegen* – allein diese Formulierung ist eine Delikatesse – *sollen weitere Partner ins Boot geholt werden.* Und wie beschreiten dann die Partner den

Lösungsweg? Bohren sie Löcher ins Boot, stecken die Beine durch und marschieren im Gleichschritt? Oder kann das Boot wie durch Zauberei allein auf einem Lösungsweg schwimmen? Oder wie oder was?

Zweite Aussage: *Die eingeführte Maßnahme hat sich verdient gemacht, um als fünfte Säule des Versorgungssystems fortgeführt zu werden …* Grammatisch, stilistisch völlig falsch. Man macht sich um eine Sache verdient, aber nicht: Etwas macht sich verdient, um … Und dann wird auch noch die *eingeführte Maßnahme als fünfte Säule fortgeführt.* Wohin wird sie geführt, die Säule? Und: Welches sind die anderen vier Säulen? Wahrscheinlich alles *zentrale Eckpfeiler,* um einen anderen Lieblingsausdruck der politischen und wichtigtuerischen Öffentlichkeitsreden zu gebrauchen. Also: Auch die Formulierung *eingeführte Maßnahme als fünfte Säule fortgeführt* bedächtig lutschen, damit man dahinterkommt, wie idiotisch Politikerreden und -aufsätze meistens sind.

Im Laufe einiger Jahrzehnte hat Adele begriffen: Es dreht sich eigentlich vordergründig gar nicht um Ausdrucksfehler, um Stilfehler, um Druckfehler oder Schreibfehler, um falsche Rechtschreibung, Versprecher und dergleichen. Die sind schon vorhanden. Aber: Es dreht sich in Wirklichkeit um Denkfehler, eigentlich um Charakterfehler. Denn wenn ein

Moderator in einer Rundfunksendung sagt: *Die Räumlichkeiten bieten viel Platz für Raum* oder ein Börsenfachmann im Fernsehen behauptet: *Ich vermeide regelmäßig jede Woche, Prognosen nicht zu lesen* oder ein Pfarrer in der Kirche: *Wir stehen vor Gott mit leeren Händen, das merken wir aber nicht, weil unsere Hände voll sind ...,* so darf man ihnen das Denken nicht absprechen, sie haben ja wohl irgendetwas gedacht, und den Charakter kann man ihnen auch nicht absprechen. Doch einen Fehler in selbigem muss man ihnen attestieren. Hätten sie nämlich einen intakten – sprich genügend Selbstbewusstsein, um genügend kritisch zu sein – Charakter, so hätten sie schon längst festgestellt, dass sie im Bemühen, Originelles, Intellektuelles auszuwerfen, immer wieder verbale Abgase produzieren und mächtig stinken.

Noch genauer besehen hat vielleicht all dieser Sprach- und Denkgestank der heutigen Tage überhaupt nichts mit dem Charakter oder dem Denken zu tun, sondern nur mit einem Gefühl. Und dieses Gefühl heißt: Ich will der Größte sein. Oder die Größte. Frauen haben einen genauso großen Schwachsinns-Auspuff wie Männer. Ich will die Schlaueste, die Erfolgreichste, die Berühmteste, die *Platzhirschin* sein, würde eine solche sagen. Man müsste allerdings einmal untersuchen, ob dieses Ichwill-der-Größte-sein-Gefühl nicht doch irgendetwas mit dem Charakter zu tun hat.

Auch folgende Überlegung sollte ins Kalkül gezogen werden: Möglicherweise ist es gar kein Charakterfehler, kein Verstandes-, Vernunft- oder Denkfehler, der diesen Sprach-, Sprech- und Schreiblingen eigen ist, es ist auch kein Gefühlsfehler, sondern ein Gefühlsfehlen. Sie (diese Damen und Herren Wortproduzenten) haben kein Gefühl für den Sinn von Richtigkeit, für das Überprüfen von Richtigkeit oder für die Notwendigkeit, eine andere Person – eine mit Kompetenz – auf oder in ihr Machwerk schauen zu lassen. Sie haben auch kein Gefühl für die Notwendigkeit, zuerst zu denken und dann zu sprechen oder zu schreiben. Oder für die Notwendigkeit, einfach mal den Mund zu halten, wenn sie nichts zu sagen haben. Den PC abgeschaltet zu lassen, wenn sie nichts zu schreiben haben. Aber das würde ja voraussetzen, dass sie darüber nachdenken, ob sie wirklich etwas zu sagen haben – bevor sie den Mund aufmachen. Ob sie wirklich etwas zu schreiben haben – bevor sie den PC anmachen.

Seien es nun Charakterfehler, Verstandes-, Vernunft-, Denk-, Gefühlsfehler oder Gefühlsfehlen – Adele möchte und muss irgendwie damit zurechtkommen. Nach Ausprobieren etlicher Zurechtkomm-Methoden hat sie endlich herausgefunden: Ihren Zorn und ihre Fassunglosigkeit kann sie am besten bändigen, wenn sie die sprachlichen Entgleisungen und Kuriositäten sammelt, dokumentiert, ihnen einen Platz in ihrem Gedächtnis und vielleicht einmal in ihrer Glaskommode einräumt. So bleibt ihr auch das Lachen erhalten.

»Das haben doch schon andere gemacht, Versprecher, Verhörer, Missverstandenes, Stilblüten aufgeschrieben«, wenden manche Zeitgenossen ein, Helmtraud zum Beispiel. »Es gibt Schlaumeier, die veranstalten mit solchen Dingen sogar riesige Events mit viel Publikum.«

»Sie werden das Spektakel brauchen«, erwidert Adele dann. »Meine Absicht ist das nicht. Ich schreibe außerdem auch andere Sachen auf. Wenn ich's recht bedenke, möchte ich die Menschen besser verstehen lernen. Es wenigstens versuchen. Warum zum Beispiel ein Chefredakteur im Fernsehen sagen kann: *Diesen Gedanken stelle ich mir unvorstellbar vor* und es weder merkt noch sich dafür entschuldigt – das möchte ich gern verstehen können. Hierbei handelt es sich ja nicht um einen Zahlendreher, für den er sich wahrscheinlich sofort entschuldigen würde, sondern um einen Anstandsdreher. Aber nein, stimmt nicht. Anstand ist ja offenbar gar nicht vorhanden, kann also gar nicht gedreht werden. Und wenn er keinen Anstand hat, dieser Chefredakteur, wird er sich auch gar nicht entschuldigen können. Er wird vermutlich nicht einmal zugeben, dass er Mist geredet hat, wenn es ihm jemand nach der Sendung sagt. Sondern er wird dem Kritiker vorwerfen: ›Da sieht man mal wieder, was Sie alles heraushören. Das Essentielle bekommen Sie überhaupt nicht mit. Aber wenn sich einer mal verspricht, das können Sie sich merken‹. So wird's gehen. Ich möchte diese Vorgänge besser verstehen können. Und aus dem Verstehen Erkenntnis gewinnen.«

»Was für Erkenntnis?«, fragt Helmtraud. »Wozu? Ich habe aus meinen gesammelten Liebhabern doch auch keine Erkenntnis gewonnen.«

»Aber ich«, erwidert Adele. »Gesammelte Liebhaber haben nichts mit Lebensqualität zu tun.«

»Mit deiner vielleicht nicht. Mit meiner schon. Ich habe in jüngeren Jahren wenigstens Männer gesammelt. Und du? Du sammelst Sprüche. Tsss! Auch eine Leidenschaft.«

»Ja, ich möchte herausfinden, was Menschen antreibt, einen solchen Blödsinn, Unsinn, Stumpfsinn zu reden und zu schreiben. Und zu veröffentlichen. Es macht mir nämlich Angst, wenn ich so etwas aus dem Mund eines Politikers höre: *Vor dem Hintergrund der Tatsache, dass unsere Konjunktur an Fahrt verloren hat, steht die Tatsache im Vordergrund,*

dass unsere Konjunktur unbedingt wieder Fahrt aufnehmen muss, um mit Volldampf Fahrt zu gewinnen.
Oder: *Jährlich produziert das Unternehmen in chinesischen Produktionsstätten eine beachtliche Kollektion von chinesischen Produkten.* Wenn die so Politik machen, wie sie reden, kann doch nur eine Katastrophe dabei herauskommen.«

»Glaub ich nicht«, meint Helmtraud. »Hast du schon mal erlebt, dass nach dem Gequatsche einer Talkshow mit Politikern eine Katastrophe herauskommt?«

»Nein, hab ich nicht. Ich schau mir nämlich Talkshow-Gequatsche überhaupt nicht an. Mir reicht der O-Ton der Politiker in den Nachrichten.«

»Aber viele andere schauen sich das an. Und die stört das, was du Gequatsche nennst, in keinster Weise. So sind die Menschen nun mal. So reden und schreiben sie nun mal. Du mit deiner Intelligenz solltest das doch verstehen können. Oder? Aber irgendwie bist du anders.«

»Bin ich«, entgegnet Adele. »War ich schon immer. Außerdem heißt es ›in keiner Weise‹, nicht ›in keinster Weise‹.«

Vorsichtshalber beendet sie im Gespräch mit Helmtraud oder anderen das Thema, sobald es an diesem Punkt angelangt ist. Dieser Punkt bedeutet nämlich in Wirklichkeit den Vorwurf: Wenn sie, Adele,

95

nicht so kleinlich, pingelig, überkandidelt, übergenau wäre, würde sie nicht so viele Fehler sehen und hören und hätte es leichter im Leben.

Gegen eine solche Argumentation kommt man nicht an, daher ist es besser, sich mit Helmtraud oder anderen über die EU-Politik, die Finanzmarktsituation oder irgendetwas dergleichen zu unterhalten, von dem sie auch keine Ahnung haben.

Adele will Erkenntnis. Will begreifen, was mit den schreibenden, schwadronierenden Menschen passiert, *die ihr Licht nicht unter den Chef stellen* und *ihre Schokoladenseite nicht im Schatten des Silbertabletts präsentieren.* Was mit den Moderatoren passiert, die im Radio behaupten: *Mit diesem Gewicht lässt sich gut pfunden.* Was mit den Lustbolden namens Comedians passiert, *die andere am Nasenring durch den Kakao ziehen.* Was mit Werbetextern passiert, die formulieren: *Die Verwendung von Edelhaaren nimmt einen hohen Stellenwert ein.* Oder: *Omas Lieblingsbraten feiert zu Ostern Auferstehung. Mit einer tollen Vielfalt an Frisch-Fleisch rücken unsere Meister-Metzger der Eintönigkeit beim Essen auf den Leib.*

Was passiert mit den Menschen, die einen solchen Mist schreiben und veröffentlichen? Und was passiert mit denjenigen, die einen solchen Mist lesen oder hören? Das würde Adele gern verstehen. Doch bisher ist überhaupt nichts passiert. Das Sammeln hat Adele lediglich ein wenig Vergnügen bereitet, ihr Gehirn trainiert, ihren Dokumentationseifer gestärkt und für emotionale Entlastung gesorgt. Hat ihr außerdem einen Gewinn an Gelassenheit sowie an Lachfältchen verschafft. Möglicherweise ist das auch eine Art Lebensqualität. Oder sogar die Erkenntnis.

Und das *in einer Zeit, in der die Zeit rast und kaum jemand die Zeit hat, sich Zeit zu nehmen, um mal Zeit zu haben.* Ist es da ratsam, die folgende Empfehlung zu befolgen? *Beim Thema Entstressung und Zeitmanagement ist es von außerordentlicher Wichtigkeit, auch ungeplante Zeit einzuplanen, um kreative Dinge im Zeitplan erledigen zu können.* Ein Ausspruch zum Haareraufen! Oder doch besser zum Lachen?

Weshalb passiert nichts mit diesen Blödinn sprechenden, schreibenden Menschen? *Denen die Hutschnur hochgeht und der Geduldsfaden platzt?* Weil neunundneunzig Prozent der Zuschauer, Zuhörer, Leser überhaupt nicht merken, welcher Mist veröffentlicht wird. Weil es ihnen am Hirn vorbeigeht, völlig vorbeigeht, ob das, was sie rezipieren, sinnvoll oder logisch oder gar formal korrekt ist. Weil sie im Grunde genommen genau so krautrübig denken, sprechen und schreiben wie die Autoren. Und weil sie nicht mehr wissen und wissen wollen, wie es richtig heißt.

Jemandem geht etwas über die Hutschnur lautet diese Redewendung. Sie bedeutet: *Jemand regt sich auf.* Oder: *Jemandem geht der Hut hoch*, zum Beispiel vor Zorn. Und: *Der Geduldsfaden reißt.* Er platzt nicht. Seltsamerweise interessiert das die Schreiber und Sprecher überhaupt nicht, ob eine Hutschnur hochgeht und wenn ja, wohin, und ob ein Faden überhaupt platzen kann. Und die Rezipienten bemerken es nicht oder wollen es nicht bemerken. Wenn doch, ist es ihnen egal. »Ich weiß ja, was gemeint ist«, erklären sie dann.

Adele hingegen bemerkt es. Sie ist zwar keine Sprachwissenschaftlerin, keine Sprachkünstlerin oder Denkkünstlerin, keine Intellektuelle, aber sie bemerkt es nun einmal.

Und wenn eine Moderatorin im Radio sagt: *Nun, wir wissen ja, Regen bringt Segen* statt *Sich regen bringt Segen* oder ein Regisseur von einem Schauspieler behauptet: *Der ist ja noch grün hinter den Ohren,* dann ist sie über so viel Dummheit und Ignoranz doch entsetzt. Bevor sie sich aufs Lachen besinnt.

Der ist ja noch grün hinter den Ohren. Zwei Sekunden nachdenken, bevor dieser Unfug Gehirn und

Mund verlässt, schon wär's in Ordnung. Man kann erraten, was gemeint ist: Der ist ja noch ein *Grünschnabel*, jung, unreif, unerwachsen. (Entenküken zum Beispiel haben einen grünen Schnabel.) Wenn er aber groß und erwachsen ist, wie ist er dann hinter den Ohren? Blau? Rosa?

Richtig heißt es: *Der ist ja noch feucht hinter den Ohren.* Weil Babys manchmal feucht hinter den Ohren sind. So heißt das: feucht. Nicht grün.

Die heutigen Schnellschwätzer, Keine-Ahnung-Plapperer, Turbo-Quatscher sagen indes, ohne auch nur einen Wimpernschlag lang über Sinn oder Unsinn, Logik oder Schlüssigkeit der Formulierung nachzudenken: Der ist ja noch grün hinter den Ohren.

Das eine oder andere Mal hat Adele vorsichtig darauf hingewiesen, dass dies falsch ist, wurde aber sofort der Meckerei und Angeberei bezichtigt mit dem Zusatz, *solche Bessermesserei sei nicht zielführend und proaktiv. Weil sie sei doch hirnaffin und müsse akzeptieren, dass man das halt so auf dem Schirm hat und sagt.*

Nun, *hirnaffin* ist Adele nicht, eher sprachophil, aber sie denkt gar nicht daran, solche Idiotien zu akzeptieren. Sie sammelt weiter. Mit möglichst viel Gelassenheit. Und mit mehr Lachen als Haareraufen. Vielleicht legt sie doch noch alles auf Samt. In vielen bunten Farben.

Schaum vorm Mund

Na, wieder unterwegs, alter Mann? Sogar im nass-kalten Nieselregen? Mit Rollator? Aah, heute haben Sie eine braune Jacke an, keine grüne wie sonst. Die ist wohl wärmer. Und auf dem Kopf? Nicht die schwarze Baskenmütze wie sonst, sondern eine Kapuze.

Sagen Sie mal, wer zieht Sie eigentlich an? Oder können Sie das noch allein? Mein Onkel Hans ist neunundneunzig Jahre alt, der kann das noch, sich allein anziehen. Bei den Hemdknöpfen hat er manchmal Schwierigkeiten, da muss ihm jemand helfen, seine Frau, sein Sohn oder seine Enkel. Aber die machen das gern. Sind stolz auf ihren alten Herrn. Und wie sieht's mit Ihren Hemdknöpfen aus? Haben Sie noch eine Frau? Einen Sohn? Enkel? Einen Pflegedienst? Oder ziehen Sie nur Pullover an?

Immer schön am Rollator festhalten, alter Mann, ja? Nicht dass Sie vor meinem Wohnzimmerfenster stolpern oder gar hinfallen. Hoffentlich sehen Sie, dass der Gehsteig rutschig ist. Eigentlich müssten Sie's sehen, Sie schauen ja immer nach unten. Seit Jahren schauen Sie nach unten. Schon als Sie eine Zeitlang mit Stock und kleiner grauhaariger Frau am Arm spazieren gingen, schauten Sie nach unten. Wahrscheinlich hängt das mit dem Alter zusammen. Meine Mutter schaute auch nach unten. Von ihrem neunzigsten Lebensjahr an schaute sie nach unten. Ich muss gut aufpassen, wohin ich gehe, sagte sie, ich hab doch immer Angst, dass ich falle.

Und Sie passen bitte auch gut auf, alter Mann, ja? Sonst stürzen Sie mit Ihrem Rollator und bleiben ächzend auf dem Gehsteig liegen. Besser wäre es allerdings gewesen, Sie wären bei diesem Regenwetter heute zu Hause geblieben, wo immer das auch ist: Wohnung, Haus, Altenheim, Seniorenstift … Ach nein, Seniorenstift nicht. So was Feines gibt's nicht in unserem Städtchen.
Jedenfalls hat Sie's hinausgezogen ins Freie, ins Nasse, mit dem Rollator. Ist schon bewundernswert, so viel Energie aufzubringen und sich auf die Straße zu wagen – als Uralt-Mann. Bewegung hält fit, was? Bis in welches Alter denn? Hundert? Hundertvier?

Vor einigen Jahren habe ich Sie öfter im Postamt gesehen, alter Mann: Baskenmütze schief auf dem Kopf, Oberkörper halb nach vorn gebeugt, wichtiges Getue am Schalter. Jetzt sehe ich Sie nicht mehr dort, wenn ich meine Briefe aufgebe. Vermutlich kommen Sie die paar Treppenstufen nicht mehr rauf mit Ihrem Rollator. Oder?

Dafür habe ich Sie neulich frühmorgens im Zeitungskiosk angetroffen. Während Sie warteten, bis Sie drankämen, sagte ein Schnapsbruder zu Ihnen: »Na, junger Mann?« Und Sie: »›Junger Mann‹ ist gut«. Dann kauften Sie eine Zeitung und sagten zu dem Schnapsbruder: »Aufwiedersehen, junger ›junger Mann‹«. Lachten leise vor sich hin und schoben mit Ihrem Gerontoroller ab.

Donnerwetter, habe ich gedacht, Donnerwetter, alter Mann, Sie haben ja Humor. Das wusste ich gar nicht. Ein wenig war ich in Versuchung, Sie anzusprechen, aber ich widerstand.
Stattdessen überlegte ich auf dem Nachhauseweg, wieso Sie eine »Frankfurter Rundschau« gekauft hatten. »Eine Frankfurter Rundschau bitte«, hatten Sie gesagt. Nicht etwa: »Die FR bitte«. Männer Ihrer Generation, so sie denn Zeitung lesen (und nicht nur Großbuchstaben-Boulevard), haben doch ein Abonnement und müssen sich ihr Blatt nicht am Kiosk kaufen. Aber wahrscheinlich haben Sie eine Zeitung abonniert, dachte ich weiter, schätzungsweise die »Frankfurter Allgemeine Zeitung« – nicht

etwa die »F-A-Z« oder gar die »FAZ« – und brauchen jetzt eine Zweitzeitung. Oder aber, Sie haben auch die »Süddeutsche« abonniert und vielleicht noch die »Welt« und brauchen eine Drittzeitung, eine Viertzeitung. Vielleicht brauchen Sie auch etwas ganz anderes: ein Ziel für Ihren Morgenspaziergang, den Nachweis eigenständiger Aktivitäten, einen Sinn im Leben oder dergleichen.

Aber was mach ich mir Gedanken! Ist doch egal, welche Zeitung Sie kaufen und warum.
Ist wirklich völlig egal ..., was Sie, was Sie alter Mensch da ...

Lesen Sie doch, was Sie wollen. Was geht's mich an. Braucht mich überhaupt nicht interessieren. Ist doch wurscht. Ist doch vollkommen wurscht, welche Zeitungen Sie alter krummer Mann lesen, abonnieren, kaufen, welche Sie miteinander vergleichen, in welchen Sie Berichte, Nachrichten, Aufmacher, Einspalter, Kommentare, Glossen anstreichen, rot! Mit dickem rotem Stift. Ist doch egal.

Ist doch scheißegal, welche Notizen Sie sich zu welchen Artikeln machen, mit blauem Stift. Auf welche Seiten Sie schlagen, mit flacher Hand, und schreiend: »Warum haben wir das nicht im Blatt? Das zweite Mal innerhalb einer Woche, dass die Konkurrenz uns voraus ist. So geht das nicht weiter. Das wird Konsequenzen haben.«

Ist doch scheißegal, wen Sie in der Redaktionskonferenz wieder fertigmachen, coram publico, und diejenigen, die dem Fertigzumachenden zur Seite stehen, für vierzehn Uhr in Ihr Ressortleiterbüro einbestellen oder ihnen wahnwitzige Arbeitsaufträge erteilen. Ebenfalls coram publico. Ist doch scheißegal ...

Nein, ist es nicht. War es nicht. War es nie! Es war grässlich. Sie waren grässlich.

Ich erinnere mich, dass Sie einen jungen renitenten Kollegen anbrüllten: »Wenn Sie sich nicht an die hier herrschenden Arbeitsregeln halten, ist es das Beste, Sie gehen! Und zwar so schnell wie möglich!« Schäumend vor Wut brüllten Sie das. Tatsächlich mit Schaum vorm Mund. Ich hab's gesehen. Bis dato hatte ich gar nicht gewusst, dass es das wirklich gibt: schäumend vor Wut. Aber ich wusste, warum der Kollege damals renitent war. Er hatte kurz zuvor erfahren, dass seine Frau fremdging. Den Neunundzwanzigjährigen möchte ich sehen, der dann nicht aggressiv wird, renitent oder »unqualifiziert«, wie Sie zu sagen pflegten. Er hatte zwei kleine Kinder, und seine Frau ging fremd. Mit seinem besten Freund. Das war ein großes Problem für ihn.

Aber für Probleme dieser Art, also für menschliche, waren Sie nicht zuständig. Das interessierte Sie nicht. Sie waren der Ressortleiter, nicht eine Führungskraft oder gar eine Vertrauensperson. Sie waren der Chef. Mehr wusste ich nicht von Ihnen. Und mehr wollte ich damals auch nicht von Ihnen wissen. Ich war vollauf damit beschäftigt, die neue Art Vorgesetzter kennen und verkraften zu lernen, die Sie darstellten. Auf Hinterhältigkeit, Intrigen, Verleumdung, Defekte des Anstands und des Charakters war ich nicht gefasst gewesen, als ich die Stelle antrat. Ich hatte mehr an eine interessante Tätigkeit, an spannende Aufgaben, an Förderung und Anerkennung gedacht.

Nein, es war keine gute Zeit, die ich unter Ihrer Chefschaft erlebte. Wirklich nicht. Und doch habe ich einiges gelernt, zum Beispiel: Einem Vorgesetzten, der droht, wenn man nicht mehr Leistung bringe, könne einem durchaus gekündigt werden, ist nicht zu trauen, denn es kann sein, dass man unmittelbar am Tag darauf von der Geschäftsleitung »die freudige Mitteilung einer Gehaltserhöhung« erhält. Einem Vorgesetzten, der einen anschreit: »Wie kommen Sie dazu, zu behaupten, ich hätte Ihnen den Auftrag nicht erteilt«, darf man nicht entgegnen: »Aber das habe ich doch gar nicht gesagt«, sonst riskiert man zu hören: »Wollen Sie etwa behaupten, dass ich lüge?« Nein, das darf man nicht sagen, sondern: »Möglicherweise ist Ihnen ein Irrtum unterlaufen. Ihre Äußerung entspricht nicht dem wirklichen Sachverhalt.«

Denn: Ein »Irren« kann man jemandem unterstellen. Irren ist menschlich. Ein »Lügen« darf man niemandem unterstellen. »Lügen« ist unverschämt. Obwohl hier natürlich überhaupt niemand »gelogen« hatte.

Gelernt habe ich noch: Mit Chefs ist es wie mit Pilzen. Es gibt essbare, ungenießbare und giftige. Bei Ihnen, alter Mann, bekam ich eine Chefvergiftung. Ohne die Hilfe einiger Kolleginnen und Kollegen hätte ich nicht überlebt.

Sagt da jemand was von »guten Seiten«? Sie hatten sicher auch gute Seiten? Gewiss doch. Streite ich nicht ab, Ihre guten Seiten. Hatten Sie sicher. Nur: Ich habe sie nie kennengelernt. Nicht einmal die »Fürsorgepflicht des Arbeitsgebers«, dessen Vertretung Sie hätten sein sollen, habe ich kennengelernt.

Freundlich waren Sie, als ich Ihnen mitteilte, ich wolle mich beruflich verändern. Da haben Sie gelächelt, vor Genugtuung, vor Erleichterung. Sie hatten es geschafft, mich rauszuekeln. Zum Kündigen hatten Sie keinen Anlass, also mussten Sie es anders angehen. Und das gelang Ihnen, alter Mann

mit dem Rollator. Sie übertrugen mir ein neues Aufgabengebiet, ich bereitete mich darauf vor, und zwei
Tage vor dem offiziellen Beginn nahmen Sie mir das
Aufgabengebiet wieder weg. Gaben es einem Kollegen. Damit waren Sie mich los.

Für Sie als Chef von Mitte fünfzig war es nicht
besonders schwer, eine beruflich unerfahrene und
menschlich arglose Mitarbeiterin von Anfang zwanzig aus Ihrem Ressort zu entfernen. »Talent hat sie
gehabt«, sollen Sie geäußert haben, »aber zu viele
Probleme gemacht.«
Ich ging. Und war Sie los.

Viele, viele Jahre war ich Sie los. Vergessen habe ich
Sie nie. Die beruflichen Erstkränkungen, die ein
Mensch erlebt, vergisst er nicht. Ebenso wenig die
Urbegegnung mit den Charakterdefekten eines Vor-
gesetzten, die Primärschweinereien sozusagen.

Und dann, nach Jahrzehnten, sehe ich Sie eines
Tages auf meinem Postamt: Baskenmütze schief auf
dem Kopf, wie früher; Oberkörper halb nach vorn
gebeugt, wie früher; wichtiges Getue, wie früher.
Schaum vorm Mund? Nein. Kein Schaum.

Einige Male schon war ich in Versuchung, Sie anzusprechen. Aber ich widerstand. Und werde weiterhin

widerstehen. Ich will's gut sein lassen, nach vierzig Jahren.

Viele der Kollegen von damals leben gar nicht mehr. Einer ist am Schlaganfall gestorben, einer am Herzinfarkt, einer am Verkehrsunfall, einer am Ausdemhochhaussprung, drei sind am Alkohol verreckt. Der Rest hat Alzheimer, Parkinson, Krebs, Muskelschwund.
Ich habe ein Gedächtnis.

Sie haben einen Rollator, alter Mann, und schieben ihn gelegentlich an meinem Wohnzimmerfenster vorbei. Und wenn Sie doch einmal stolpern und hinfallen, alter Mann, und ächzend auf dem Gehsteig vor meinem Haus liegen bleiben – wissen Sie, was ich dann tue?
Na? Ich rufe den Rettungswagen.

Herr Weißhaar

Dem Beamtendasein für immer entwichen, beschließt Ina, ihr frisch erworbenes Pensionärsleben im Wintersemester mit dem Besuch der Senioren-Uni zu bekränzen. Why auch not, sagt sie sich, man kann Dümmeres tun, als Kunstgeschichte zu hören. Sie besorgt sich ein Vorlesungsverzeichnis und meldet sich an.

Die Uni in der Großstadt ist von ihrem kleinen Wohnort aus gut zu erreichen. Man muss zuerst mit dem Bus zur Stadtmitte fahren, dann in die U-Bahn Nummer zwölf umsteigen, am Lessingplatz aussteigen, einige Minuten zu Fuß zurücklegen, das Gebäude V und dann den Raum S 4 finden. Alles einfach. Wunderbar.

Erwartungsvoll betritt Ina vor der ersten Vorlesung den Hörsaal, sucht sich einen Linksaußenplatz im hinteren Drittel, einen mit einem großen eingeritzten H, und harrt der Menschen beziehungsweise der Dinge. Rasch stellt sie fest: Die meisten Seni-Mädels kennen sich, plaudern und lachen miteinander. Die

Seni-Jungs machen einen auf wichtig, lesen Flugblätter oder ihrer Nachbarin die Zeitung vor. Einige Anwesende sind wie Ina zum ersten Mal da, schauen sich auch mit wandernden Blicken um. Es gibt sogar »echte« Studenten, also junge Leute.

Fünf vor c.t. kommt ein merkwürdiger älterer Typ herein. In gebeugter Haltung, mit hochrotem Gesicht und wirrem Haar geht er unsicheren Schritts, immer wieder in einen Stoffbeutel greifend, von Reihe zu Reihe und legt irgendetwas auf die Bänke. Mon dieu, denkt Ina, nicht mal die Uni ist vor solchen Individuen sicher, was will der hier? Ist das ein Adlatus? Ein Hausmeister? Was verteilt der eigentlich? Darf der das? Plötzlich wird sie stocksteif. Denn das, was der Typ verteilt, ist das Skript zur heutigen ersten Vorlesung.
Kaum ist er am Pult unten angekommen, wird er vom Auditorium mit heftigem Klopfen begrüßt. Du lieber Himmel, spricht Ina stumm vor sich hin, wie peinlich, das ist ja wohl der Professor. Hoffentlich hat niemand mitgekriegt, wie kritisch ich den gemustert habe. Verstohlen schaut sie sich um. Ihr kritisches Mustern ist offenbar nicht bemerkt worden. Und wenn auch, spricht sie stumm weiter, wäre es doch gerechtfertigt gewesen beim Anblick dieses Herrn ... Aber unangenehm ist es mir trotzdem ... vielleicht hätte ich besser eine Vorlesung zur

110

»Entstehungsgeschichte der Spezifika von Vorurteilen« belegen sollen.

Der Professor beginnt, Ina spitzt die Ohren und verfällt augenblicklich in Aufmerksamkeit. Der macht das ja gut. Der bietet die richtige Mischung aus Wissenschafts- und Populärinformation, die ich mir immer gewünscht habe, und obendrein garniert er sie noch mit akademischen Kabarettstückchen. Prima. Was war ich doch wieder so voreilig mit meiner Bewertung.

Nach etlichen Minuten reicht der Professor eine Kopie zur Ansicht herum. Das Blatt wandert durch alle Reihen, bis es von rechts zu Ina kommt. Sie nimmt es und gibt es nach hinten weiter. Im Moment des Sichumdrehens erblickt sie einen Weißhaarigen vier Reihen weiter oben. Und der erblickt sie. Ina wendet sich wieder der Kunstgeschichte zu.

Bei der folgenden Vorlesung ist Ina etwas zu früh dran, der Hörsaal ist noch belegt, sie wartet mit den anderen Zufrühen im Vorraum. Da grüßt sie jemand freundlich: der Weißhaarige. Ina grüßt zurück. Im Hörsaal ist ihr Platz mit dem »H« noch frei. Sie setzt sich, will ihre Tasche in der Ablage unter der Schreibfläche verstauen, stellt fest, dass ihr Mandarinenschalen und leere Limodosen den

Platz versperren, fasst mit spitzen Fingern die Hinterlassenschaft der akademischen Jugend an, um sie draußen in einen Papierkorb zu werfen, steht auf, dreht sich um – und sieht den Weißhaarigen in der Reihe hinter ihr sitzen. Nur eine Reihe hinter ihr. Er lächelt.

Ina verzieht keine Miene, geht zum Papierkorb und setzt sich dann wieder auf ihren Platz.

Direkt hinter mir! Das kenne ich doch, denkt sie. Absicht? Zufall? Sie blättert in ihren Erinnerungen und schlägt die Seite »Günter« auf. Günter war ein großer, blonder, verflixt gut aussehender junger Mann, in den sie sich ... aber der Reihe nach: Während ihrer Jugend musste Ina jeden Sonntag den Gottesdienst besuchen. Kirchgang war Pflicht in ihrer Familie. Der konnte man sich nicht entziehen. Nicht etwa weil die Eltern ihr eine religiöse Erziehung angedeihen lassen wollten, sondern weil ihr Vater ehrenamtlicher Würdenträger in der evangelischen Kirchengemeinde ihres Heimatstädtchens war und es sich einfach gehörte, dass man sonntags in den Gottesdienst ging. Aber je älter Ina wurde und je mehr ihr kritischer Geist erwachte, desto langweiliger fand sie Liturgie, Predigt, Gebet sowie Gesang. Und weil sie damals noch keine Möglichkeit hatte, das väterliche Diktat zu umgehen, versuchte sie, diese kirchliche Zwangsstunde mit Träumen und Phantasien zu bewältigen.

Eines Sommersonntags, Ina war fünfzehn Jahre alt und ein junger Vikar predigte gerade um sein Leben, bemerkte sie, wie jemand auf der Bank hinter ihr Platz nahm. Ein Zuspätkommer mitten im Gottesdienst. Was macht man, wenn man fünfzehn Jahre alt ist und sich in der Kirche langweilt? Man dreht sich um.

Aber damit, was sie hinter sich entdeckte, hatte sie nicht gerechnet: Hinter ihr saß Günter. Günter, in den sie sich verguckt hatte, ihr Schwarm.

Ina kannte ihn nur vom Ansehen, wusste aber, er besuchte die Jungenklasse des Gymnasiums, mit der sie und die Mädchenklasse, in die sie ging, bald Tanzstunde machen sollten. Und jetzt saß er hinter ihr und lächelte sie verlegen an.

Sie lächelte zurück, genauso verlegen, und drehte sich blitzschnell wieder um. Mit irgendeiner Art religiöser Besinnung war es endgültig vorbei. Wieso setzt sich der Günter direkt hinter mich, überlegte sie. Es sind doch noch jede Menge anderer Bänke frei. Auf die naheliegendste Erklärung kam sie nicht.

»Der Herr segne euch und behüte euch ...« Kaum waren die letzten Worte der Sonntagspein verklungen, stürmte Ina aus der Kirche und lief im Eiltempo nach Hause.

Günter blieb ihr Schwarm während des ganzen Sommers. Sie entdeckte ihn gelegentlich auf dem Sportplatz oder im Schwimmbad, aber ein Kontakt zwischen ihnen kam nicht zustande.

Als sie an einem Spätsommernachmittag aufgeregt schnatternd mit zwei Freundinnen auf dem Weg zur ersten Tanzstunde war, stand er wie aus dem Boden gewachsen vor ihr, der Günter, und fragte, ob sie mit ihm das Tanzkränzchen und den Abschlussball machen wolle.

Sprachlos vor Überraschung sagte sie: »Aber ich weiß ja gar nicht, wie du tanzt.«

»Das weiß ich von dir auch nicht«, antwortete er. »Und, willst du?«

»Ja.«

Wie anders hätte eine Fünfzehnjährige einem Sechzehnjährigen antworten sollen, den sie anschwärmt und der sie fragt, ob sie mit ihm das Tanzkränzchen machen wolle. Ohne vorher mit ihr je ein Wort geschweige denn ein Tanzbein gewechselt zu haben.

Also, der Weißhaarige sitzt hinter ihr in der Vorlesung. Schweigsam und zurückhaltend, was Ina registriert, obwohl sie ihn gar nicht sieht. Bis er ihr von hinten ins Ohr flüstert: »Entschuldigen Sie bitte, hätten Sie einen Kugelschreiber für mich? Meiner streikt gerade.«

Mit einem kühlen »Bitte« reicht Ina ihm ihren Ersatzschreiber. Sie ist irritiert: Was soll das? Braucht er wirklich einen Schreiber? Männer wie dieser tragen doch immer einen Füller mit sich herum. Und warum fragt er mich und nicht seine Sitznachbarn? Ist das eine Anmache? Eine Alten-Anmache? Jedenfalls ist es eine alte Anmache. Der Anfang der alten Leier, der alten Geschichten.

Ina will aber keine Geschichten mehr, keine alten, keine neuen, gar keine. Jetzt, als Pensionärin, von den Zwängen der Berufs-, Familien- und Beziehungsarbeit befreit, will sie nur noch Kunstgeschichten. Keine anderen Geschichten, keine einzige, nicht mal Geschichtchen, auch nicht die allerkleinste.

Nach dem Ende der Vorlesung verlässt Ina rasch das Gebäude und eilt der U-Bahnstation Lessingplatz zu, bestrebt, jeglichen Annäherungsversuchen zu entkommen. Am Fahrkartenautomaten wirft sie ihre Münzen ein, da sagt jemand: »Ah, Sie nehmen auch die U-Bahn.« Der Weißhaarige.

Wie hat der das so schnell geschafft?, fragt sich Ina, ich bin doch fast gerannt.

»Fahren Sie auch bis Stadtmitte?«, erkundigt er sich.

»Ja.«

»Dann können wir ja ein Stück zusammen fahren, ich muss anschließend nach Norden umsteigen und Sie?«

»Nach Westen.«

Eine Woche danach ist der Hörsaal bereits frei, als Ina ankommt. Weit und breit nichts von dem Weißhaarigen zu sehen. Sie legt ihre Jacke auf den Platz mit dem »H« und geht noch mal raus. Beim Hereinkommen bleibt sie wie angewurzelt im Türrahmen stehen: Der Weißhaarige hat sich genau neben ihren Platz gesetzt, den sie mit ihrer Jacke reserviert hatte. Was um alles in der Welt hat der vor?, denkt Ina. Soll ich jetzt sauer sein? Oder eher amüsiert?

»Hallo«, sagt sie und setzt sich.

»Guten Tag«, antwortet er, »ich hoffe, Sie nehmen es mir nicht übel, dass ich mich neben Sie gesetzt habe.«

»Hm. Es steht jedem hier frei, sich hinzusetzen, wo er möchte. Woran haben Sie denn erkannt, dass ich hier sitze?«

»Sie hatten doch Ihre Jacke über die Bank gelegt.«

»Dann sind Sie ein genauer Beobachter?«

»Nun ja, das hat der Beruf so mitgebracht ...«

Ina kramt ihr Handy aus der Handtasche, schaltet es auf lautlos und steckt es wieder zurück.

»Und Sie sind auf dem neuesten Stand der Technik, wie ich sehe«, sagt der Weißhaarige. »Für mich ist das überhaupt nichts mehr.«

»Nun ja«, antwortet Ina, »das bringt die Tätigkeit so mit ...«

»Dann sind Sie noch aktiv?«

»Ein wenig.«

»Ich habe meinen Beruf vor zehn Jahren aufgegeben. Aber wenn ich mich schon neben Sie gesetzt habe, möchte ich mich doch vorstellen: Mein Name ist Friedhelm Schaller.«

»Ina Demuth.«

Wenn er jetzt sagt, dass Ina sein Lieblingsvorname bei Frauen ist, wenn er das sagt, denkt sie, stehe ich sofort auf und setze mich woanders hin. Das tue ich auch, wenn er behauptet, seine Kindergartenfreundin habe Ina geheißen. Oder seine erste Freundin oder seine große Liebe.

Aber er sagt: »Und wie finden Sie die Vorlesung von Professor Heinsen?«

»Prima. Gefällt mir ausgezeichnet.«

»Mir auch. Ich gehe schon seit vier Jahren in seine Vorlesung und bin nach wie vor begeistert. Besuchen Sie noch mehr Vorlesungen oder Seminare, Frau Demuth?«

»Nein, nur die eine. Vorerst. Ich muss das mit meiner Tätigkeit koordinieren. Ich arbeite ehrenamtlich ...«

»Oho!«

»... und möchte mich noch engagieren als ... da kommt er.«

»Und sieht wieder aus, als habe er eine Koronarerkrankung«, sagt der Weißhaarige.

»Sind Sie vom Fach?«, fragt Ina.

»Ja, ich bin Mediziner, das heißt, ich war Arzt.«

Dann beginnt der Professor seine Vorlesung und in Inas Kopf rattern Selbstgespräche los, stumm, versteht sich. Selbstgespräche, wie stets, wenn sie sich in komplizierten Lebensverhältnissen befindet, zwischen einerseits und andrerseits. Ina einerseits spricht: Ich blöde Kuh, was plaudere ich so freundlich mit diesem Typ? Was lasse ich mich anquatschen von dem und antworte auch noch beflissen? Habe ich immer noch nicht genug von Anmache, von Geschichten? Wie viel Bauchlandungen brauche ich noch, um zu begreifen: Ich bin nicht die Frau, die Männer wirklich wollen? Ich kann sie nicht bewundern, nur weil sie Mann sind (was aber alle erwarten), ich kann mich nicht anpassen oder unterordnen, nur weil sie Mann sind (was auch alle erwarten). Ich brauche sie nicht zum Denken, zum Handeln, nicht zum Leben ... Freilich, einige habe ich geliebt, doch sie konnten mit meiner Liebe nichts anfangen. Dem Vater meiner Zwillinge habe ich sogar vertraut, bis er mich sitzenließ. Mitsamt den Kindern. Ich bin verletzt und enttäuscht und will keine Geschichten mit Männern mehr.

Ina andrerseits spricht: Hör mal, jetzt geht schon wieder dein Selbstmitleid mit dir durch. Dieser Weißhaarige hat nichts anderes getan, als ein wenig Interesse an dir zu bekunden, und hat mit dir ein bisschen geplaudert. Das war alles. Schön, er war etwas zu forsch. Er ist ja auch schon alt und hat nicht mehr viel Zeit. Aber da musst du nicht gleich wieder bösartig werden und die Dauergekränkte spielen. Bleib locker, das regelt sich von ganz allein. Der war freundlich und unaufdringlich, fährt nachher zum Mittagessen zu seiner Frau und erzählt ihr, was in der Vorlesung los war. Anschließend macht er ein Schläfchen, geht mit dem Hund spazieren, isst punkt sechs Uhr zu Abend, sieht um sieben Uhr Nachrichten, liest danach Zeitung, trinkt ein Glas Rotwein und geht um zehn Uhr schlafen.

»Dürfte ich Sie nach der Vorlesung zu einer Tasse Kaffee ins Bistro Charly einladen, Frau Demuth? Es liegt ganz in der Nähe. Ich geh dort immer einen Kaffee trinken oder eine Kleinigkeit essen nach der Vorlesung. Auf mich wartet keiner zu Hause«, sagt der Weißhaarige leise.

»Eh, ja, gern.«

Was habe ich denn jetzt wieder gemacht, spricht Ina einerseits stumm. Warum nehme ich die Einladung an? Was regelt sich da von allein? Weiß ich eigentlich, was ich will?

In der Reihe direkt hinter ihr sitzen diesmal zwei junge Studentinnen, die anfangen zu quatschen. Nicht laut, aber penetrant. Ina übt sich in Geduld. Vielleicht hören sie ja bald auf, hofft sie. Aber die

Damen denken nicht daran aufzuhören oder gar dem Professor zuzuhören. Nach einer Weile wendet sich Ina um und sagt genervt: »Mädels, wenn ihr plaudern wollt, geht doch ein Cola trinken.«

Die eine erwidert verlegen: »Ja, danke.« Die andere meint: »So laut sind wir doch gar nicht.«

Aber sie sind jedenfalls sofort ruhig. Und verlassen Minuten später die Veranstaltung.

Ina kommentiert die Sache nicht weiter und wendet sich wieder dem Professor zu.

Der Weißhaarige hat während Inas Intervention geschwiegen.

Nach der Vorlesung gehen sie über den Campus Richtung Bistro. Ina wie gewohnt mit weit ausholenden Schritten und in zügigem Tempo, bis sie feststellt, der Weißhaarige geht sehr langsam, zögerlich, mit Trippelschritten. Sie bleibt stehen und wartet. »Ich bin wieder mal davongestürmt«, sagt sie, als er sie eingeholt hat. »Entschuldigung.«

»Das macht gar nichts«, antwortet er. »Ich habe schon bemerkt, dass Sie ein temperamentvoller Mensch sind. Das gefällt mir.«

Im Bistro ist es ziemlich voll, aber sie finden einen Tisch am Fenster, wo wie sich ungestört unterhalten können. Der Weißhaarige bestellt für sich einen großen Milchkaffee, für Ina eine kleine Tasse Kaffee und ein Mineralwasser. Sie sprechen über Sinn und Unsinn von Vorlesungsangeboten für Senioren, darüber, wie weit verbreitet in der heutigen Zeit sprachliche Schlampereien sind, und wie weit verbreitet noch das elende Nazivokabular ist.

»Es ist nicht auszumerzen«, sagt er.

»Schauen Sie«, entgegnet Ina, »genau dieses ›Ausmerzen‹ gehört auch zu dem abscheulichen Nazivokabular. Vielen Menschen ist nicht bewusst, welche grauenvollen Verbrechen mit diesem Begriff verbunden sind.«

Er betrachtet sie nachdenklich. »Eigentlich ist es mir schon bewusst«, meint er, »aber manchmal sagt man spontan etwas, ohne es sich vorher zu überlegen.«

»Das ist wohl wahr«, bestätigt Ina und fragt: »Wie haben Sie die Nazizeit und den Zweiten Weltkrieg erlebt? Waren Sie in der Hitlerjugend? Oder gar noch Flakhelfer?«

Der Weißhaarige berichtet, er sei in der Hitlerjugend gewesen, Flakhelfer aber nicht mehr. Er schildert sein evangelisches Elternhaus, das der »Bekennenden Kirche« nahestand, den Versuch seiner Eltern, zwischen Widerstand und Mitläufertum einen individuellen Weg zu finden, die Entlassung seines Vaters aus einem Behördendienst, das Bombardement seiner Heimatstadt, die Nächte im Luftschutzbunker, die vielen Leichen, die er als Kind gesehen hat.

Plötzlich schweigt er. »Und Sie«, erkundigt er sich nach einigem wortlosen Erinnern, »Sie haben sicher nichts vom Krieg mitbekommen.«

»O doch«, sagt Ina, »ich bin Jahrgang 1943 ...«

»... da sind Sie ja exakt elf Jahre jünger als ich« ..., wirft er ein.

»... und habe als Kleinkind so viel vom Krieg mitbekommen, dass es mich auch heute noch peinigt. Wenn ich zum Beispiel Panzer fahren höre, nur höre, fängt mein Herz an zu rasen und ich möchte mich am liebsten verstecken. Einmal musste ich mit meinem Wagen auf der Autobahn an einer Panzerkolonne vorbeifahren – ein Alptraum. Beim nächsten Rastplatz hielt ich an, um mich wieder zu beruhigen. Dabei habe ich gar keine konkreten Erinnerungen mehr an Panzer.«

Behutsam erzählen sie sich danach vom Krieg weg zu den eher persönlichen Katastrophen hin. Der Weißhaarige redet gern und mit vielen Umschweifen: Vor acht Jahren ist seine Frau gestorben, sie hatte Krebs (akribische Beschreibung des Krankheitsverlaufs). Bald danach fand er eine andere Frau, aber auch sie bekam Krebs und löste von sich aus die Verbindung (akribische Beschreibung seiner Versuche, die Frau an der Lösung der Verbindung zu hindern). Er hat zwei Söhne (akribische Beschreibung von deren Aussehen, Werdegang und Berufstätigkeit). Zum einen, der unverheiratet ist, besteht kaum Kontakt (akribische Beschreibung des fehlenden Kontakts), aber zu dem anderen, der verheiratet ist und zwei Jungen hat, ein sehr guter (akribische Beschreibung des guten Kontakts).

Ina berichtet knapp, sie sei geschieden, ihre Ehe sei ungeheuer problematisch gewesen, inzwischen lebe sie gern allein, habe zwei wunderbare erwachsene Töchter und versuche, die Höhen des Daseins mit Dankbarkeit und die Tiefen mit Anstand zu bewältigen.
»Das haben Sie schön gesagt«, entgegnet er.

Sie tauschen Telefonnummern – »Ich bin allerdings kein großer Telefonierer«, sagt er – und Visitenkarten, gehen gemeinsam zur U-Bahn-Station, gerontochoreographisch: Ina stürmisch-gebremst, der Weißhaarige trippelnd.
Wieder mal typisch für mich, diese so genannte Unterhaltung, denkt sie, nachdem sie in Stadtmitte in die U-Bahn Richtung Westen umgestiegen war. Er spricht, und ich höre zu.

Eine Woche später steht der Weißhaarige bereits im Hörsaalvorraum, als Ina die Treppen hochstapft.
»Guten Tag, Frau Demuth, ich freue mich, Sie zu sehen.«

»Guten Tag, Herr Doktor Schaller.«

»Lassen Sie doch bitte den Doktor weg.«

Sie gehen gemeinsam zur Bankreihe mit dem »H«.

»Wollen wir nach der Vorlesung wieder einen Kaffee trinken? Vielleicht dieses Mal im Café Baum?«, fragt er. »Wissen Sie, mir ist aufgefallen, dass Sie beim letzten Mal nur zugehört haben. Ich habe so viel erzählt, und Sie haben nur zugehört. Sie haben eine große Zuhörbegabung. Aber heute sollen Sie von sich berichten.«

»Ja, gern, ich habe noch eine Stunde Zeit nach der Vorlesung.«

Mit den ersten Worten des Professors rattern wieder Inas Selbstgespräche los: Warum habe ich eigentlich sofort zugesagt?, sagt Ina einerseits. So, als sei es das Selbstverständlichste von der Welt. Ich will das nicht wieder, die Geschichten, das Hoffnungsvolle, das Verunsichernde, die Angst vor Enttäuschung, das Verletztwerden, das Gekränktwerden, ich will das nicht mehr. Das Maß ist doch voll.

Was hast du eigentlich?, sagt Ina andrerseits. Es ist überhaupt nichts passiert. Ihr wart ein Mal Kaffeetrinken und er hat Interesse an dir, das ist alles. Außerdem hast du in der vergangenen Woche keine Migräne gehabt, du hast gut geschlafen, du warst schwimmen, auf der Sonnenbank, hast jeden Morgen Gymnastik gemacht, hast dich mit Leuten getroffen, die du schon längst mal wieder hattest sehen wollen, du hast den Brief ans Finanzamt geschrieben, hast drei Kellerregale aufgeräumt und Schubertlieder gespielt. Schon vergessen?

Sei ruhig, sagt Ina einerseits, ich will's trotzdem nicht. Keine Geschichten mehr.

»Sie machen so einen ernsten Eindruck heute«, sagt der Weißhaarige auf einmal flüsternd. »Geht es Ihnen gut?«

»Ja, ja, alles in Ordnung.«

Mensch Meier, sagt Ina andrerseits, der merkt wirklich alles. Siehst du, vielleicht ist er doch nicht so ein Egomane wie die anderen.

Ich glaube, er ist ein Egomane im Altruistenpelz, entgegnet Ina einerseits. Solange sie baggern, sind sie einfühlsam, das weißt du auch.

Na klar, weiß ich das. Ich bin aber auch anders am Anfang eines Kennenlernens, meint Ina andrerseits. Sicher etwas charmanter und heiterer als später. Das ist doch normal.

Ein weißes Zettelchen wandert von rechts auf Inas Platz. »Darf ich Sie nachher auch zu einem Stückchen Kuchen einladen? Friedhelm S.« steht darauf. Jetzt müssen beide lachen, Ina einerseits und Ina andrerseits. Irgendwie versteht er's, sagt Ina einerseits. »Ja«, antwortet sie, »am liebsten Käsekuchen oder gedeckten Apfelkuchen mit Sahne, Ina D.«, und schiebt das Zettelchen zurück. Gleich darauf erhält sie es wieder mit den Worten: »Geht auch und?« »Und geht immer.«

Im Café Baum beginnt die Unterhaltung, in der Ina etwas von sich berichten soll, wie der Weißhaarige im Hörsaal gemeint hat, damit, dass er von einem Film erzählt, den er am Abend zuvor im Fernsehen gesehen hat: »Also der hat mir ausnehmend gut gefallen. Das ist eine Liebesgeschichte zwischen zwei alten Menschen, wunderbar gespielt von der – ach, ich komm nicht darauf, und dem – Schauspieler, den man auch in, wie heißt nur der Film ... mir fallen oft die Namen nicht mehr ein, Frau Demuth. Das ist ärgerlich.«

»Ich kenne das auch, Herr Schaller«, entgegnet Ina beschwichtigend, weil er unglücklich aussieht und die Stirn in Falten legt. »Es ist ganz normal, dass man mit zunehmendem Alter Namen und Bezeichnungen vergisst. Jedenfalls hat Ihnen der Film gefallen, das ist die Hauptsache.«

»Und er hat in den Bergen gespielt. Ich mag die Berge so, vor allem in Südtirol.«

»Oh«, erwidert Ina. »Ich auch. Klettern ist zwar nichts für mich, aber so von Alm zu Alm wandern, das ist etwas unglaublich Schönes. Noch lieber allerdings habe ich das Meer, vor allem die Ostsee, und da wieder die Insel Rügen.« Sie hat bewusst das Gespräch woandershin gelenkt. »Die zauberhaftesten Wintertage meines Lebens habe ich auf Rügen verbracht. Herrliche Sommertage natürlich auch, doch der Winter dort oben hat einen ganz eigenen Reiz.« »Das ist ja merkwürdig«, meint der Weißhaarige, »Rügen ist auch meine Lieblingsinsel. Wir waren viele Sommer dort, meine Frau und ich, immer mit Freunden. Das war eine schöne Zeit. Im Winter habe ich die Insel noch nie erlebt.«

Sie plaudern sich durch alle Rügener Inselorte, essen Kuchen, trinken Kaffee und rühren in Seligkeiten. Dann erzählt er, dass er noch Vorsitzender eines Musikvereins ist und in einem Kirchenchor singt. Ina berichtet von ihren Abenteuern mit dem Klavierspielen, das sie nach vierzig Jahren Pause für sich wiederentdeckte. »Als ich Arthrose in die Finger bekam, habe ich mir ein Klavier gekauft«, sagt sie schmunzelnd.

Und er entgegnet lachend: »Die Therapie gefällt mir.«

Nach einer Stunde fahren sie gemeinsam mit der U-Bahn Richtung Stadtmitte, sagen sich freundlich »Auf Wiedersehen bis nächste Woche« und trennen sich.

So oder so ähnlich verlaufen die Begegnungen bis zum Dezember. Der Weißhaarige spricht viel, Ina bewusst wenig. Nach der letzten Vorlesung vor der Weihnachtspause wünschen sie sich mit einem herzlichen Händedruck schöne Festtage. Er wird sie bei seinem verheirateten Sohn und dessen Familie verbringen, sie bei und mit ihren Töchtern, Enkeln und Schwiegersöhnen.

Siehst du, sagt Ina andrerseits, das Ganze ist eine harmlose Angelegenheit. Ein wenig Kontakt, Unterhaltung. Ein wenig Zuwendung, Sympathie ... Tut doch gut, oder? Hast du nicht gemerkt, dass du lockerer, freundlicher zu den Menschen geworden bist? Nicht mehr so spröde. Nicht mehr so kopfgesteuert. So perfektionsorientiert. Irgendwie weicher bist du geworden. Gerade jetzt vor Weihnachten. Nicht gemerkt?

Schon, erwidert Ina einerseits. Aber das ist es ja, was mich misstrauisch macht. So hat es immer angefangen. Und ich bin noch jedes Mal drauf reingefallen. Solange sie balzen, die Männchen, sind sie nett, fürsorglich, aufmerksam, humorvoll, amüsant. Sogar nachdenklich oder selbstkritisch können sie sein, und dann, pengbum! Ausdiemaus. Sobald ihre Werbung erfolgreich war und sie ihr Ziel erreicht haben – nämlich mein Interesse oder mein Gefühl für sie –, ist es aus mit diesen Herrlichkeiten. Da sind sie alle nur noch Macho, versuchen alle, mich zu beherrschen, zu manipulieren. Noch jeder hat es versucht, noch jeder. Und ich? Hab mich noch jedes Mal selbst betrogen, bedürftig wie ich bin, noch jedes Mal habe ich das Balzen für Realität gehalten. Und was kam danach? Traurigkeit, Enttäuschung, Verletztheit, Ende von Ehen, Beziehungen, Affären, was auch immer. Ich habe allerdings auch noch nie den Mann gefunden, der mich lässt, wie ich bin, der mich mag, wie ich bin, und der nicht versucht, an mir herumzuschrauben, mich auseinanderzunehmen, mich zu demontieren. Alle wollen das. Alle wollen mich demontieren. Das heißt wollten. Ich habe ja diese Geschichten beendet. Endgültig beendet.

Jetzt übertreib nicht so, sagt Ina andrerseits. Dir hat niemand Böses gewollt. Du hast sie dir doch alle ausgesucht, deine Partner. Du bist ungerecht. Sie können nichts dafür, die Männer, dass sie so sind, wie sie sind.

Meinetwegen. Aber ich kann auch nichts dafür, dass ich bin, wie ich bin, erwidert Ina einerseits.

Einen Mann, fährt Ina andrerseits fort, einen Mann kannst du nur ertragen, wenn du ihn liebst. Sobald du mit einem anderen Gefühl an ihn herangehst oder gar mit dem Verstand, von Vernunft ganz zu schweigen, wirst du meschugge. Das haben wir doch schon dutzende Male bekaspert. Wenn man es außerhalb der Liebe sonst mit Männern zu tun hat, bleibt man freundlich und barmherzig. Es sind nun mal einfach strukturierte Wesen: angreifen, kämpfen, siegen oder verlieren. Mehr ist nicht drin.

Ich weiß, ich weiß, dass du so denkst, sagt Ina einerseits. Aber mir ist das zu simpel, zu banal. Du siehst das so eindimensional. So einperspektivisch. Eigentlich bist du da einer männlichen Denkweise sehr nahe. Ich denke das differenzierter, vielschichtiger, filigraner ... Ich meine, die Männer stecken im Gefängnis ihrer Gefühle und wollen von den Frauen daraus befreit, erlöst werden. Das wissen sie aber nicht. Und wenn sie es zu spüren beginnen, die Männer, nennen sie es Liebe. Doch in Wirklichkeit wollen sie Erlösung. So ist das. Ich bin allerdings nicht die Richtige dafür. Ich kann sie nicht bewundern und ich kann sie nicht erlösen und ertragen kann ich sie auch kaum – zurzeit ... Bleib ich halt, wie hast du gesagt? freundlich und barmherzig. Auch bei dem Weißhaarigen.

Am besten nennst du ihn mal für dich Herr Schaller oder meinetwegen Herr Weißhaar, erwidert Ina andrerseits, das ist schon eine Spur freundlicher als »der Weißhaarige«, und wenn dir der Kontakt mit ihm weiter gut tut – ist doch in Ordnung. Schau halt genau hin. Der Mann ist zweiundsiebzig, geht so merkwürdig trippelnd, hat extreme Wortfindungsschwierigkeiten und weiß nicht mehr, welchen Film er am Abend zuvor gesehen hat. Ich kann mir nicht vorstellen, dass er eine einundsechzigjährige Partnerin für heiße Liebesnächte sucht. Wenn er eine Liebesnacht braucht, lässt er sich von Profibienen bedienen, und eine Partnerin sucht er möglicherweise, um im Bedarfsfall versorgt und gepflegt zu werden.

Ja, ja, sagt Ina einerseits. Ist schon recht. Ich schau genau hin.

Gegen halb neun am Abend dieses Dezembertages läutet bei Ina das Telefon. »Frau Demuth, wie schön, dass ich Sie gleich am Apparat habe.«

»Guten Abend, Herr Schaller«, sagt Ina überrascht. »Sie rufen an, obwohl Sie kein Telefonierer sind?«

»Ja. Wissen Sie, ich habe mir gedacht, die Weihnachtspause der Vorlesungen dauert bis zwölften Januar, drei Wochen. So lange würden wir uns nicht sehen. Was halten Sie davon, wenn wir uns Anfang Januar mal zu einem Kaffee in der Stadt treffen? Oder wenn ich Sie zu einem Mittagessen einlade? Zum Beispiel in die ›Alte Kutsche‹. Kennen Sie die? Liegt im Eichendorff-Park, mitten in der Stadt. Da kann man vorzüglich speisen.«

»Das ist eine nette Idee. Ja, ich kenne die ›Alte Kutsche‹, und zu einem Mittagessen lasse ich mich gern einladen.«

Sie vereinbaren den vierten Januar, zwölf Uhr.

Ina einerseits geht mit Ina andrerseits beschwingt zu Bett, beide schlafen tief und ruhig.

»Du siehst aus, als hättest du dieses Jahr überhaupt keinen Vorweihnachtsstress«, sagt am Tag darauf ihre Freundin Edelgard, während sie ihren wöchentlichen Gerontomarsch durch den nahegelegenen Wald absolvieren. »Irgendwie wirkst du ganz entspannt, und deine Augen funkeln. Ist da was, was ich wissen sollte?«

»Äh, nein, da ist nichts«, entgegnet Ina und stapft durch die kalte Winterluft. »Ich habe grundsätzlich beschlossen, mich von dieser blödsinnigen Vorweihnachtshektik zu befreien. Ich mache das nicht mehr mit. Jahrzehntelang bin ich rotiert mit Geschenke kaufen, Plätzchen backen, Großreinemachen, Verwandte einladen, Verwandte besuchen, Essen kochen und so weiter und so weiter. Du weißt, was ich meine.«

Edelgard schnauft. »Und ob. Jedes Jahr am Heiligabend die Pastetchen bei uns. Stundenlang in der Küche. Am ersten Feiertag die Gans bei meiner Mutter. Stundenlang auf der Autobahn. Am zweiten Feiertag die Pute bei meiner Tante. Stundenlang auf glühenden Kohlen.«

»Also ich habe mich von diesen Aktivitäten befreit. Je älter man wird im Leben, desto öfter muss man sich von etwas befreien. Habe ich festgestellt.«

»Befreien? Wieso bist du heute so philosophisch? Wovon hast du dich noch befreit? Ini, da ist doch was. Raus mit der Sprache.«

Ina läuft wieder einmal mit weit ausholenden Schritten.

»Renn nicht so«, sagt Edelgard. »Was ist los mit dir?«

»Na gut«, fängt Ina an, »na gut. Wahrscheinlich ist es doch besser, wenn ich es dir erzähle: Also da gibt es jemanden bei den Seniorenvorlesungen, mit dem bin ich etwas bekannt geworden – oder er mit mir. Wie man's nimmt.«

»Hast du dich verknallt?«, fragt Edelgard.

»Nein!«, antwortet Ina energisch und stolpert. »Nein, ich hab mich nicht verknallt. Es ist, wie soll ich sagen, es ist so: Von meiner Seite besteht etwas Interesse, aber von seiner Seite mehr, denke ich. Und ich habe zu meiner Verwunderung gemerkt: Das tut mir gut. Irgendwie tut mir das gut. Und erstaunt mich selbst. Da ist ein Mann, der freut sich, wenn er mich sieht. Der interessiert sich für mich. Und offenbar mag er mich auch. So was habe ich jahrelang nicht mehr erlebt.«

»Du hast um alle und alles einen großen Bogen gemacht«, erwidert Edelgard.

»Stimmt«, pflichtet Ina bei. »Ist auch kein Wunder nach den vielen Enttäuschungen.« Sie hakt sich bei Edelgard unter. »Es ist gar nichts Gravierendes zwischen uns. Wir sehen uns bei den Vorlesungen und gehen anschließend einen Kaffee trinken. Das ist alles.«

»Und davon kriegt man ein Funkeln in die Augen?«

»Offensichtlich.« Ina lächelt ein bisschen. »Ich habe viel nachgedacht über mich und liege oft mit mir im Widerstreit: Da gibt es eine Ina einerseits und eine andrerseits, die diskutieren heftig miteinander, ob es Sinn macht, sich überhaupt darauf einzulassen.«

»Worauf?«

»Vorerst nur auf den Kontakt – mehr ist nicht.«

»Diskussionen, ob es Sinn macht, sich auf einen Kontakt einzulassen? Ina, du bist kompliziert. Auf so eine Idee käme ich gar nicht. Ihr geht doch nur Kaffee trinken. Das ist völlig banal. Musst du da diskutieren?«

»Ja, irgendwie muss ich das. Und dass ich es tue, zeigt mir, wie verstört und verletzt ich immer noch bin. Einerseits. Andererseits zeigt mir meine Reaktion – sozusagen das Funkeln in den Augen, das ich selbst auch sehe –, wie bedürftig ich nach ein wenig Zuwendung bin ... Zuneigung wäre wohl richtiger. Mir scheint, als sei ich emotional schier verhungert. Den Mangel, das Defizit spürt man erst, wenn sich ein wenig Linderung abzeichnet.«

»Mhm. Mhm«, macht Edelgard. »Wie alt ist der Typ?«

»Zweiundsiebzig.«

»Ina! Was willst du mit so einem alten Mann?«

»Na hör mal, ich bin einundsechzig. Das ist doch auch nicht mehr jung. Was sind elf Jahre Unterschied? Meinst du, ein Sechzigjähriger sucht sich eine so alte Frau wie mich? Nie im Leben. Der kriegt immer noch eine Vierzigjährige. Wenn nicht von hier, dann von Äthiopien, Moldawien, Thailand, Peru. Die Welt ist groß. Und Frauen gibt es viele. Anpassungswilligere als ich.«

»Mhm«, macht Edelgard wieder. »Aber du bist noch viel zu jung für einen Siebzigjährigen. Ist er verheiratet? Hat er Familie? Was war er mal von Beruf?«

Ina berichtet alles, was sie weiß. Auch dass er angerufen und sich mit ihr verabredet hat.

»Da scheint er wirklich Interesse zu haben«, konstatiert Edelgard. »Und Arzt ist auch nicht gerade strohdumm. Meistens jedenfalls. Wie sieht er eigentlich aus?«

»Gepflegt und freundlich. Meinst du, ich lasse mich mit einem Strohdummen ein? Was heißt überhaupt strohdumm?«, sagt Ina leicht gereizt. »Er ist ausgesprochen gebildet und kultiviert. Außerdem ist er sehr groß, schlank, hat blaue Augen, schlohweiße Haare, einen schmalen Kopf. So etwa könnte heutzutage mein Günter aus der Tanzstunde aussehen. Ich hab dir mal von ihm erzählt.«

»Außer dass er zweiundsiebzig ist und dein Günter nur ein Jahr älter als du.«

»Er hat angenehme Hände«, fährt Ina unbeeindruckt fort, »ist ordentlich angezogen und riecht appetitlich.«

»Das ist wichtig. Sobald sie anfangen nach altem Mann zu riechen oder nach ungewaschenem Gebiss – Finger weg.«

»Du bist abscheulich, Edelgard.«

»Wir brauchen uns doch nichts mehr vorzumachen, Ini. Die meisten alten Männer, die ich kenne, strömen einen absonderlichen Geruch aus – haben sie früher nicht gehabt. Weiß nicht, woran das liegt. Weiß nur, dass es mich nervt.«

In Ina kriecht Ärger hoch. »Was mir besonders gut an ihm gefällt«, sagt sie trotzig, »er ist nicht so verpappt in seinen Ansichten. Nicht so stockkonservativ und rückwärtsgewandt wie viele Ältere und nicht so dogmatisch festgezurrt wie manche sechzigjährige Frauen und die Rotwein-Kordhosen.«

»Ein emotionaler Vagabund?«, fragt Edelgard und überhört den kleinen Seitenhieb. »Ein intelleller Obdachloser?«

»Überhaupt nicht. Er weiß schon, was er fühlt und denkt und sagt. Es sei denn, er will mir einen Film vom Abend zuvor erzählen.«

»Aha, dement ist er auch schon. Wie heißt er eigentlich, dein Kommilitone?«

»Nein, er ist nicht dement, zum Donnerwetter, und sein Name ist Friedhelm Schaller. Könnte es sein, dass du mir ...«

»Dass ich dir was?«

»Ach, nichts.«

Eine Weile gehen sie schweigend nebeneinander her. Ein eisiger Wind kommt auf und sie beschleunigen ihren Schritt.

»Wolltest du sagen«, beginnt Edelgard vorsichtig wieder das Gespräch, »wolltest du sagen, dass ich dir deinen Friedhelm nicht gönne?«

»Ja, das wollte ich sagen«, antwortet Ina. »Allerdings ist es nicht *mein* Friedhelm. Dein Ton war auf einmal regelrecht aggressiv.«

»Mir ist das im Nachhinein auch aufgefallen. Verzeih mir bitte. Ich wollte dich nicht kränken. Natürlich gönne ich dir deinen Herrn Schaller. Nur ... also ... ehem ... ich hab noch zu gut in Erinnerung, wie du gelitten hast, als dich dieser Michael hat sitzen lassen. Wie lange ist das her? Fünf Jahre? Und da ist auf einmal eine Sorge in mir hochgestiegen, dir könnte mit deinem Kommilitonen wieder so was passieren. Ich glaube, deswegen war ich vorhin etwas bösartig.«

»Aber Edelgard, der Kommilitone und ich, wir haben doch nichts miteinander, keine Affäre, keine Beziehung, keine Geschichte. Ist auch nichts geplant, jedenfalls von meiner Seite aus. Wir sehen uns seit einiger Zeit ein Mal in der Woche und gehen einen

Kaffee trinken. Sonst keinerlei gemeinsame Unternehmungen. Da muss sich doch kein Mensch Sorgen machen, ich könne in irgendeiner Weise gekränkt werden. Ist lieb von dir, dass du so mitfühlst. Wirklich ... nein ... Es tut mir halt nur ein bisschen gut.«

»Nicht zu vergessen die Glitzersternchen in deinen Augen«, meint Edelgard lachend. »Und beim nächsten Mal erzählst du mir, wovon du dich sonst noch befreit hast außer vom Vorweihnachtsstress. Wann sehen wir uns wieder?«

»Am achten Januar.«

Nach anderthalb Stunden verabschieden sie sich in die Gerontomarsch-Weihnachtspause und drücken sich heftig.

»Pass auf dich auf, Ini-Mädchen! Willst du's ihm denn sagen?«

»Weiß ich nicht. Bis jetzt hat es noch keine Veranlassung dazu gegeben.«

Ina verlebt heitere Weihnachtstage, zum Teil mit ihrer Familie, zum Teil mit sich allein. Silvester lässt sie sich fledermausen. Das heißt, sie gönnt sich einen vergnügten Abend mit sich selbst, fährt um neunzehn Uhr mit ihrem Auto in die Stadt, sitzt um zwanzig Uhr auf einem teuren Platz im Opernhaus, freut sich an der spritzigen Operettenaufführung, kehrt um dreiundzwanzig Uhr fünfundvierzig kreuzfidel nach Hause in ihre gemütliche Wohnung zurück, zieht ihren Hausanzug an, nimmt einen kleinen Imbiss aus dem Kühlschrank, den sie sich vorher gerichtet hat, und öffnet die Balkontür, als es eben zwölf Uhr vom nahen Kirchturm schlägt. Eine kurze Weile betrachtet sie die Leuchtraketen und hört sich die Knallerei an, schließt aber bald darauf die Tür, zündet eine Kerze an, legt sich die Jupiter-Sinfonie von Mozart auf, setzt sich in ihren Ohrensessel und verspeist mit Hingabe ihren Imbiss: Blätterteigröllchen mit Lachs, gegrillte Hähnchenbrust, Feldsalat, Cocktail-Tomaten, etwas Weißbrot. Danach gibt es natürlich auch noch ein Dessert: einen Riegel Lieblingsschokolade. Einen? Ach, nein, zwei. Heute ist Silvester.

Sie will sich gerade etwas zu trinken holen, da läutet das Telefon. Wer kann das sein?, überlegt sie. Mit ihren Freundinnen hat sie schon gesprochen, mit den Töchtern ist Telefonieren für den Neujahrstag vereinbart. Das Display zeigt »Extern«. Sie greift zum Hörer, meldet sich.

»Guten Abend, Frau Demuth, hier ist Friedhelm Schaller. Ich hoffe, ich störe Sie nicht, ich wollte Ihnen aber unbedingt ein gutes neues Jahr wünschen und Glück und Gesundheit obendrein.«

»Danke schön, Herr Schaller, das wünsche ich Ihnen auch. Nett, dass Sie anrufen. Haben Sie heute etwas Erfreuliches unternommen?«

»Eigentlich nicht. Ich bin ziemlich erkältet und war nur kurz draußen. Ich habe zwei Briefe geschrieben, Zeitung gelesen und ein Konzert im Radio gehört. Eine Nachbarin hat mir ein Stück Kuchen gebracht. Und heute Abend habe ich ein Käsebrot gegessen. Das war's. Aber ich freu mich sehr auf den vierten, wenn wir uns sehen. Bis dahin ist meine Erkältung sicher weg.«

»Das hoffe ich für Sie«, erwidert Ina. »Und so wie es derzeit aussieht, macht auch das Wetter mit. Ich meine, es sind keine Schneestürme zu erwarten.«

»Nein. Denke ich auch nicht. Also dann – bis zum vierten. Wiederhören.«

»Auf Wiederhören«, entgegnet Ina, »schönen Neujahrstag noch.« Und legt nachdenklich auf.

Dieses Mal war er typisch Macho, lässt sich da auf einmal Ina einerseits vernehmen. Bringt sich am Telefon in Positur, spielt auf der Jammerleier und … Du bist wieder engstirnig und reagierst gekränkt, fällt ihr Ina andrerseits ins Wort. Der Mann ist allein und hat sich gegen seine Gewohnheit aufgerafft, dich anzurufen und dir ein gutes neues Jahr zu wünschen.

Stimmt. Trotzdem. Hat nicht mal gefragt, was ich

getan habe heute. Wie es mir geht und so weiter. Ist doch machohaft.

Dir fällt auch kein anderes Wort als Macho ein, wenn ein Mann unhöflich ist. Wie hättest du eine Frau genannt, die sich so geriert?

Die hätte ich, die hätte ich ... vielleicht dumme Gans?

Siehste, dann ist ein Typ, der sich so benimmt, eben ein dummer ... früher hätte man gesagt: ein ungehobelter Kerl. Du solltest nicht so streng sein in deiner Bewertung und so hohe Ansprüche an die so genannte menschliche Kompetenz eines Mannes stellen. Dieser Herr Schaller ist seelisch in Not und da könntest du ein wenig weicher reagieren, klüger vielleicht auch.

Auf einmal plustert sich Ina einerseits auf und legt los: Und nun sag ich dir was, du große Ratgeberin, du superschlaue Besserwisserin: Alle Männer, mit denen ich näher zu tun hatte, waren früher oder später in seelischer Not. Entweder sie waren von Anfang an egozentrische Selbstdarsteller und gerieten, weil ich nicht ihrer Erwartung entsprechend darauf reagierte, in seelische Not beziehungsweise legten dann die Seelische-Not-Platte auf. Oder sie waren von Anfang an In-seelischer-Not-Seiende und weckten so mein Interesse oder Mitgefühl. Will sagen: Ich bin lange Zeit immer wieder darauf reingefallen. Immer wieder auf die gleiche Geschichte. Und das ist vorbei. Anders ausgedrückt: Entweder ein Mann weiß, wie er sich zu benehmen hat, auch wenn er mir am Silvesterabend gutes neues Jahr wünscht, oder er muss damit rechnen, dass ich keinen Kontakt mehr haben möchte.

Aber gefreut hat's dich, dass er angerufen hat, oder?, sagt Ina andrerseits. Und außerdem: Du hättest ihm auch von dir aus erzählen können, was du gemacht hast, heute Abend. Du Mimose.

Vielleicht hast du recht, meint Ina einerseits. Wirklich. Vielleicht hast du recht. Ich habe allerdings keine Kraft mehr, keine Lust mehr, diese Geschichten mitzumachen. Schau, mir ist es heute den ganzen Abend gut gegangen, aber seit er angerufen hat, ist meine Stimmung gekippt. Das ist doch unerträglich. Und ich brauche wieder viel Energie, um mich ins Gleichgewicht zu bringen. Ich will das alles nicht mehr. Wahrscheinlich wird es auch Zeit, dass ich ihm reinen Wein einschenke.

Und wenn du an das Funkeln in deinen Augen denkst, das Edelgard gleich gesehen hat, und das du selbst spürst?, fragt Ina andrerseits.

Ina einerseits antwortet nicht, sondern legt sich den Billy-Wilder-Film »Das Apartment« ein, der passt zu Silvester.

Am vierten Januar, es ist ein dunkler regnerischer Tag, steht Ina fünf vor zwölf an der »Alten Kutsche«

und beginnt zu warten – da biegt Herr Weißhaar um die Ecke, klappt seinen Schirm zusammen und begrüßt sie herzlich. Ina ist reserviert. Er jedoch scheint guter Stimmung, bestellt sich Gulasch mit Klößen und ein Bier dazu, sie Fisch mit Gemüsereis und ein Mineralwasser.

Ob ich es ihm jetzt sage?, überlegt sie. Ach, lieber später. Als Dessert essen sie ein Eis und nehmen danach einen Espresso.

Er spricht wieder viel von sich, von den Mühen des Älterwerdens, vom Verschwinden seiner Erkältung, von seiner Liebe zur Musik – und zum ersten Mal von seinem geliebten Hund Tassko, den er im vergangenen Jahr hatte einschläfern lassen müssen. »Stellen Sie sich vor, Frau Demuth, fast siebzehn Jahre hatte ich meinen Tassko, eine lange Zeit. Ich hab ihn damals aus dem Tierheim geholt, da war er ein wuscheliges Wollknäuel und keiner wusste, was aus ihm werden würde. Ob er groß oder klein, lang- oder kurzhaarig werden würde. Und dann wurde er ein wunderschöner großer Bursche, eine Mischung aus Bernhardiner und Riesenschnauzer. Eine treue Seele. Die Gutmütigkeit in Person. Vertrug sich mit allen. Er mochte sogar die Nachbarskatzen und duldete sie gelegentlich in seinem Korb. Und denken Sie: Wenn ich abends in meinem Ledersessel saß und las, lag er immer zu meinen Füßen. Stand ich auf, um mir ein Glas Wein zu holen, blieb er ruhig liegen, stand ich aber auf, weil ich noch mal mit ihm rausgehen musste, sprang er sofort auf und lief in den Flur. Ohne dass ich ein einziges Wort gesagt hätte. So ein toller Hund war das. Aufmerksam und mit den allerfeinsten Sinnesorganen ausgestattet. Nur eins konnte er nicht ausstehen: Pudel. Merkwürdigerweise. Wenn er Pudel sah, wurde er wild. Dann knurrte er und man musste gut auf ihn aufpassen. Tja, und vergangenes Jahr habe ich ihn in meinem Garten beerdigt.«

Seltsam, so viel Freundliches und Herzliches hat er weder über seine Frauen noch über seine Kinder oder Enkel gesagt, konstatiert Ina insgeheim. Sehr seltsam. Laut fragt sie: »War er krank?«

»Ja, er hatte auch Krebs«, sagt Herr Schaller und schweigt eine Weile. »So ist das eben im Leben, man muss von vielen, die man liebt, Abschied nehmen, wenn man alt wird. Auch von seinem Hund. – Wollen wir noch ein Stück spazieren gehen? Der Regen hat aufgehört.«

»Gern«, erwidert Ina, »fürs Spazierengehen bin ich immer zu haben.« Und denkt: Das ist eine gute Gelegenheit, um es ihm zu sagen.

Sie gehen durch den kleinen Eichendorff-Park. Die Wolkendecke reißt auf und die Januarsonne kommt zum Vorschein.

»Herr Schaller«, beginnt Ina, »Sie haben mir mit der Einladung zu dem Essen eine große Freude gemacht und auch damit, dass Sie mir so viel von sich erzählen. Ich finde es schön, wenn wir uns ein wenig näher kennenlernen. Und daher ist es mir wichtig, Ihnen von einer Besonderheit aus meinem Leben zu berichten, damit Sie das eine oder andere vielleicht besser einordnen können.«

Der Weißhaarige bleibt mitten auf dem Weg stehen und wendet sich Ina aufmerksam zu.
Sie bleibt ebenfalls stehen und fährt fort: »In meiner Jugend bin ich einmal in eine Alkoholabhängigkeit geraten, aus der ich mich glücklicherweise nach einiger Zeit befreien konnte. Ich lebe seit dreißig Jahren völlig abstinent und gedenke das auch in Zukunft zu tun. Aber diese Abhängigkeit hat natürlich meine gesamte Entwicklung geprägt, zum Teil beeinträchtigt, und beeinflusst auch heute noch meine Lebensgestaltung. Ich möchte, dass Sie das wissen. Mir sind Offenheit und Klarheit in diesem Punkt außerordentlich wichtig.«
Ernst schaut sie den Weißhaarigen an – und macht große Augen.

Der ist nämlich, während sie gesprochen hat, völlig erstarrt. Dann dreht er sich plötzlich um die eigene Achse, schnappt nach Luft, reißt die Arme hoch und stößt hervor: »Frau Demuth, warum sagen Sie mir das?«

Konsterniert fragt Ina zurück: »Warum sollte ich Ihnen das nicht sagen? Das sage ich allen Menschen, die mir wichtig sind und mit denen ich zu tun haben möchte. Für mich ist das eine Sache des Respekts vor anderen und vor mir, offen mit diesem Thema umzugehen. Was stört Sie daran?«

Sie stehen immer noch auf dem Weg.

Der Weißhaarige stöhnt: »Ich kann das nicht. Ich kann das nicht. Mein Gott, warum haben Sie mir das gesagt? Warum? Das ist ... warum? Entschuldigen Sie. Ich kann das nicht. Ich muss mich verabschieden. Warum haben Sie mir das gesagt! Ich ... mein Gott.« Geht, nein rennt davon, nicht zögerlich wie sonst, sondern in großer Eile: fort, fort, fort.

Wie vor den Kopf geschlagen, wie betäubt bleibt Ina in dem Park zurück. Unfähig, einen Fuß vor den anderen zu setzen oder einen klaren Gedanken zu fassen.

Einige Minuten verharrt sie bewegungslos, bis sie bemerkt, dass sie von Spaziergängern mit Sorge betrachtet wird. Sie nimmt sich ein wenig zusammen und geht langsam, Schritt für Schritt, auf dem Weg weiter. Immer noch wie unter Schock.

Ihre Gedanken wirbeln durcheinander. Was um alles in der Welt war das eben? Was ist in den Weißhaarigen gefahren? Was habe ich ihm getan? Wieso reagiert er panisch auf meine Worte, ich würde seit dreißig Jahren keinen Alkohol trinken? Spinnt er? Ist er doch schon dement? Das ist für einen erwachsenen Menschen nicht normal, davonzurennen, wenn ihm ein anderer sagt, dass er keinen Alkohol trinkt. Fragen über Fragen. Zorn, Fassungslosigkeit, Entsetzen.

Wie sie mit U-Bahn und Bus ihr Zuhause erreichte, weiß sie später nicht mehr genau.

In ihrer Wohnung angekommen, versucht Ina, sich zu beruhigen. Sie möchte mit niemandem sprechen und braucht all ihre Kraft, um die akute Situation auszuhalten. Dazu muss sie allein sein. Sie will kein Mitgefühl, kein Mitleid, kein Verständnis, kein Bedauern – nichts von alledem, nur Ruhe, Zeit, damit der Aufruhr etwas nachlässt und sie begreifen kann, was geschehen ist. Um sich abzulenken, schaut sie im Fernsehen eine dämliche Soap an. Nebenbei trinkt sie viel Wasser und am späteren Nachmittag schafft sie es, sich zu einem Spaziergang aufzuraffen. Laufen hilft.

Ich muss sortieren, sagt sie sich, während sie auf einem ihrer Routinewege dahintrottet. Ich habe diesem Herrn Weißhaar nach einem harmlosen Mittagessen mitgeteilt, dass ich seit dreißig Jahren keinen Alkohol trinke – wohlweislich das Wort trockene Alkoholikerin vermeidend, weil die meisten Menschen ohnehin nur »Alkoholikerin« verstehen –, daraufhin reagiert er mit den Worten: Warum sagen Sie mir das?, glotzt mich verstört an, stammelt herum und rennt davon. In wilder Flucht.

Wann reagiert ein Mensch so? Wenn er in seinem Innersten so heftig getroffen wird, dass alle Instanzen wie Verstand, Vernunft, Intellekt außer Kraft gesetzt sind, und zwar schlagartig, wie bei einem Blackout oder bei einem Flashback. Wenn er völlig überraschend an etwas Schreckliches erinnert wird und die Kontrolle verliert – kurz, wenn ein übergroßes Gefühl ihn urplötzlich übermannt, dann reagiert ein Mensch so.

Nicht zu fassen, murmelt Ina immer wieder. Nicht zu fassen: Ich habe schon die unglaublichsten Reaktionen auf die Tatsache, dass ich keinen Alkohol trinke, erlebt: Leute, die mich für überkandidelt halten; Leute, die mich bewundern; Leute, die sagen: Dich kann man ja nicht mehr einladen, wenn du nichts trinkst, oder: Mit dir kann man ja nirgendwo mehr hingehen, wenn du nichts trinkst; Leute, die mir erzählen, sie haben auch mal zu viel getrunken; Leute, die sagen: Kann ja jeder behaupten, beweise das mal; Leute, die lallen: Doll, ich sollte auch aufhören und, und, und. Aber so einen,

einen alten Mann, der davonläuft, nachdem ich ihm das berichtet habe, den hatte ich noch nicht.

Das ist einfach verrückt. Krank. Wer so reagiert, *muss* Erfahrung mit dem Trinken gemacht haben. Muss irgendetwas Traumatisches mit Alkohol erlebt haben. Aber wer war es in seinem Leben, der getrunken hat? Er nicht, das hätte ich gemerkt. Ziemlich schnell hätte ich das gemerkt. Dafür hab ich einen Riecher. So wie sich die Schwulen erkennen, zum Beispiel an einem etwas längeren Wimpernschlag, so erkenne ich die Alkis, zum Beispiel an ihrer koketten Selbstdarstellung. Hatte aber keinen Riecher dafür, dass Alkohol doch ein Thema für ihn ist.
Hat seine Frau getrunken? Seine spätere Partnerin? Trinken seine Söhne? Wer ist es? Er *muss* Erfahrung haben.

Am achten Januar trifft sich Ina wie vereinbart mit ihrer Freundin zum Gerontomarsch im Wald.
»Hi, wie geht's den Glitzersternchen?«, sagt Edelgard. »Lass sehen. Oh, keine mehr da. Was ist passiert?«
»Stell dir mal vor,« beginnt Ina, »stell dir mal vor ...« Doch da fließen die Tränen in Sturzbächen ihre Wangen herunter. Sie krallt sich an Edelgards Pelzkragen fest und schluchzt: »Stell dir mal vor, ich hab dem gesagt ...« Es geht nicht. Sie bringt es nicht heraus.

Edelgard hält sie schweigend umschlungen.

»Doch eine Kränkung?«, fragt sie nach einiger Zeit.

Ina nickt.

»Schlimm?«

Ina nickt wieder. Erst nach einer geraumen Weile kann sie den Kopf heben. Sie wischt sich die Tränen ab, putzt sich die Nase und hängt sich bei Edelgard ein.

»Lass uns ein paar Schritte laufen«, sagt sie mit wackeliger Stimme.

Wortlos gehen sie durch den nasskalten Wald.

Nachdem sich Ina einigermaßen beruhigt hat, berichtet sie, was vorgefallen war.

»Und du hattest gemeint, bei dieser Geschichte wäre es überhaupt nicht möglich, dass du gekränkt werden könntest«, sagt Edelgard.

»Ich hätte nicht im Traum daran gedacht, dass ein erwachsener Mann so idiotisch reagiert. Das hat mich unheimlich verletzt«, erwidert Ina.

»Aber warum hast du nicht gleich angerufen? Wir hätten uns doch früher treffen können.«

»Konnte nicht, Gardi. Konnte einfach nicht darüber sprechen. Mit niemandem. Auch nicht mit dir. Ich war zu aufgewühlt.«

»Was hast du vier Tage lang gemacht? Hast du geduscht, gegessen, geschlafen?«

»Das Allernötigste. Ansonsten bin ich spazieren

gegangen und habe Bach gehört. Die h-Moll-Messe, alle Orchestersuiten rauf und runter. Es ging nicht mal Händel, nur Bach. Bis meine innere Ordnung einigermaßen wiederhergestellt war. Aber definitiv weiß ich nicht, wie ich mit dieser Sache umgehen soll. Es tut einfach nur weh.« Sie muss noch einmal schwer schlucken und sich am Arm ihrer Freundin festhalten.

»Das Verhalten von diesem Doktor Schaller ist ja regelrecht erschütternd«, sagt Edelgard nachdenklich. »Und du meinst, es sei seine Frau gewesen, die getrunken hat?«

»Könnte ich mir vorstellen«, antwortet Ina. »Oder vielleicht seine andere Partnerin, die er nach der Ehe kennenlernte – wie er erzählt hat. Ich weiß ja nicht, ob das wirklich stimmt, oder ob er sie auch schon während seiner Ehe als Geliebte hatte. Jedenfalls muss irgendjemand, der ihm nahestand, getrunken haben. Sonst hätte er sich anders verhalten.«

»Ich bin auch überzeugt«, meint Edelgard, »dass er eine traumatische Erfahrung mit Alkoholabhängigkeit gemacht hat. Aber ich glaube nicht, dass es seine Frau oder seine spätere Partnerin war.«

»Sondern?«

»Seine Mutter.«

»Seine Mutter?«, fragt Ina. »Seine Mutter? Wie kommst du denn darauf?«

»Intuition«, entgegnet Edelgard. »Ich bin ja auch

betroffen und kenn mich mit Abhängigkeiten aus. Nach allem, was du von seiner beschissenen Reaktion erzählt hast, glaube ich, es war seine Mutter. Deshalb wollte er auch Arzt werden. Welches Fachgebiet hatte er eigentlich?«

»Gynäkologie.«

»Bitte, da hast du es. Mutter säuft sich zu Tode. Sohn kann nichts tun, wird aber Gynäkologe, um alle anderen Frauen zu retten. Völlig logisch.«

»Edelgard, du spinnst. Als Gynäkologe rettet man keine einzige Frau vorm Alkohol.«

»Damals, als er sich für sein Studium entschloss, hat er das vielleicht gedacht. Da wusste man noch nicht so viel über die Alkoholkrankheit wie heute. Ich bin mir ziemlich sicher, dass es seine Mutter war.«

»Na ja, möglich ist es schon.« Ina macht eine Pause. »Doch wie dem auch sei, Gardi«, fährt sie fort, »mit unserer Wald- und Wiesenpsychologie kommen wir nicht weiter. Fakt ist: Der Mann hat mich unheimlich gekränkt und ich hab die letzten Tage wirklich nicht gewusst, wie ich mich wieder auf die Reihe kriegen soll. Ich war in einer elenden Verfassung. Reden konnte ich nicht, schon gar nicht mit dem Typ, und schreiben hätte ich auch nicht können. Aber jetzt, nach unserem Gespräch, bekomme ich allmählich Lust, ihm meine Meinung zu sagen und ihn zu fragen, wie er sein Verhalten begründet.«

»Ich an deiner Stelle würde dem ordentlich Bescheid

stoßen und wäre nicht so vorsichtig mit meiner Wortwahl, der Mann hat sich schließlich unmöglich benommen«, wirft Edelgard ein. »Oder musst du immer noch mit dir selbst diskutieren?«

»Was? Ach, du meinst Ina einerseits und Ina andrerseits. Nein, nein, das war nach seiner idiotischen Reaktion sofort vorbei. Jetzt bin ich wieder normal, eine ganze, eindeutige Person. Widerstreit beendet.«

»Zum Glück! Wann siehst du ihn?«

»Am zwölften. Da ist die Vorlesungsweihnachtspause zu Ende. Aber ich würde es nicht vorsichtige Wortwahl nennen wie du, sondern taktisch angemessen. Ich will ja was von ihm wissen. Und wenn ich ihm grob komme oder die Beleidigte spiele, kriege ich gar nichts aus ihm raus.«

»Ruf gleich an, wenn du durcheinander sein solltest. Riskier bloß nichts. Versprochen?«, sagt Edelgard eindringlich.

»Versprochen.«

Als Ina eine Woche später den Hörsaal betritt, sitzt der Weißhaarige in der Bank mit dem eingeritzten »H« und hat den Platz neben sich mit seiner Jacke reserviert.

Ina schiebt resolut die Jacke zur Seite und setzt sich.

»Guten Tag, Herr Schaller«, sagt sie, »ich würde gern nach der Vorlesung einen kurzen Spaziergang mit Ihnen machen. Ich habe noch etwas auf dem

Herzen, was ich unbedingt mit Ihnen besprechen möchte. Geht das?«

»Ja, natürlich«, antwortet der Weißhaarige. »Natürlich geht das, Frau Demuth.«

Nach der Vorlesung schlagen beide den Weg zur Innenstadt ein, Ina angespannt, der Weißhaarige verkrampft.

Ina beginnt, um Sachlichkeit in der Stimme bemüht: »Nach unserem letzten Treffen, das Sie so plötzlich beendeten, Herr Schaller, war ich völlig perplex. Ich konnte mir Ihre Reaktion in keiner Weise erklären, kann es immer noch nicht und habe beschlossen, Sie um Aufklärung zu bitten. Was war los mit Ihnen? Warum sind Sie davongelaufen? Fast gerannt? Ich habe doch lediglich berichtet, dass ich seit dreißig Jahren keinen Alkohol trinke. Sie sahen aus, als hätten Sie ein Gespenst gehen.«

»Ein Gespenst? Nein, also ja, das stimmt. Nein, kein Gespenst, aber irgendwie hat mich das total erschreckt ... und ich habe gedacht, bitte sehen Sie es mir nach, also ich habe gedacht, jetzt habe ich zwei Frauen innerhalb kurzer Zeit durch Krebs verloren, aber ein drittes Mal ... Ich dachte ..., ich meine, ich weiß ja, dass es sich bei Alkoholabusus um eine Krankheit handelt, aber ich dachte, wenn bei Ihnen diese Alkoholkrankheit auf einmal wieder

ausbricht, würde ich dann ein drittes Mal ... vor-
ausgesetzt natürlich, ich hätte mich überhaupt
gebunden ... oder wir hätten ... Also diese Vorstel-
lung war einfach zu viel für mich und ... ich habe
jetzt auch verstanden, warum Sie zu diesen beiden
jungen Frauen, die neulich in der Vorlesung hinter
uns geschwätzt haben, so rigoros waren. Bitte verstehen Sie, ich kann das alles nicht. Bitte sehen Sie
mir das nach. Und das Kaffeetrinken-Gehen ist mir
auch nicht mehr möglich.«

»Herr Schaller, eine Verbindung zwischen uns war
nie ein Thema, wir kennen uns gerade mal acht
Wochen, und eine Alkoholkrankheit bricht nicht
auf einmal aus. Das sollten Sie als Mediziner wissen
beziehungsweise Sie könnten es wissen, wenn Sie
wollten. Und was hat das Kaffeetrinken-Gehen
damit zu tun? Was Sie da sagen, erscheint mir in
keiner Weise schlüssig.« Ina ist böse. »Ich denke«,
fährt sie mit erhobener Stimme fort, »ich denke,
es ist etwas anderes. Etwas ganz anderes, was Sie
so erschreckt hat, wie Sie sagen. Haben Sie schon
einmal eine Erfahrung mit einem alkoholabhängi-
gen Menschen gemacht?«

»Äh, nein, das heißt, ich nicht vielmehr ich weniger,
aber meine Frau. Die hat sich einige Jahre in unserer Kirchengemeinde ehrenamtlich um eine Familie
gekümmert, in der der Mann getrunken hat. Fürchterliche Probleme.«

»So, und wie ist das ausgegangen?«

»Der Mann hat sich das Leben genommen, und was aus der Familie wurde, weiß ich nicht.«

»Aha. Und wie war die Erfahrung, die Sie selbst gemacht haben? Sie müssen eine gemacht haben.« Ina lässt nicht locker.

Der Weißhaarige stottert herum: »Ich hatte mal eine Mitarbeiterin, also eine Arzthelferin, die hat getrunken. Erst haben wir alle nicht gemerkt, was mit der los war, warum die auf einmal unzuverlässig und frech wurde. Richtiggehend frech und unverschämt wurde die, und zum Schluss hab ich sie gefeuert. Ich hab mich allerdings vorher juristisch beraten lassen. Also das war eine unangenehme Person und ich war froh, als ich sie los war.«

»Und Sie denken, die Frau Demuth wird auch eines Tages frech und unverschämt, und da ist es besser, wenn ich sie beizeiten loswerde?«

»Ich bitte Sie, nein, das denke ich überhaupt nicht. Was denken Sie denn. Ich erachte das als grandiose Lebensleistung, wenn ein Mensch es schafft, abstinent zu bleiben. Wirklich, grandios. Großartig. Es gibt nicht viele, die das schaffen. Aber ... ich, ich hätte zu große Bedenken, dass diese Krankheit wieder ausbricht ... bitte verstehen Sie mich ... ich kann das nicht.«

»Nein, Herr Schaller, ich verstehe Sie nicht«, sagt Ina zornig. »Da steckt noch etwas dahinter, was Sie mir nicht sagen wollen oder nicht sagen können. Obwohl ich Ihnen mit großer Offenheit von meiner überwundenen Alkoholabhängigkeit erzählt habe. Sie sagen mir nicht, bedauerlicherweise, warum Sie danach wie von Furien gehetzt davongerannt sind. Aber das ist mir jetzt egal. Ich gehe. Ich muss gehen. Im Interesse meiner Nüchternheit und meiner Abstinenz muss ich gehen. Leben Sie wohl.«

Mit großen Schritten eilt Ina davon. Wieder schießen ihr wild die Gedanken durch den Kopf: Welche Ehefrau eines Gynäkologen kümmert sich denn freiwillig und ehrenamtlich um eine alkoholkranke Familie? Doch nur eine, bei der selbst der Alkohol in irgendeiner Form ein Thema ist. Vielleicht kümmert sie sich aus Schuldbewusstsein, weil sie meint, irgendwem früher nicht genug geholfen zu haben. Vielleicht kümmert sie sich, um ihre eigene Abhängigkeit zu vertuschen. Das wäre ein klassisches alkoholisches Verhaltensmuster.

Und warum macht dieser Doktor Schaller den Mund nicht auf und sagt wirklich, was los ist? Ich vertraue ihm einen wichtigen Umstand meines Lebens an – und er haut ab. Wie hätte er wohl reagiert, hätte ich ihm mitgeteilt, ich würde jeden Tag drei Liter Wein trinken? Oder eine Flasche Wodka? Oder drei Liter Wein *und* eine Flasche Wodka? Was wäre dann wohl passiert? Hätte er mich retten wollen?

Und auch bei dem Gespräch vorhin windet er sich wieder, faselt einen Haufen dummes Zeug, grotesken Unsinn. Bedenken hat er, dass die Krankheit wieder ausbricht. Idiot. Ignorant.

Während sie mit der U-Bahn nach Hause fährt, bemächtigt sich ihrer das Gefühl, einer großen Gefahr entronnen, vor einem dunklen Abgrund gerade noch stehen geblieben zu sein. Gleichzeitig jedoch ist sie verwirrt und traurig. Nicht mal so eine kleine Kaffeetrinken-Gehen-Beziehung gelingt ihr. Immer gerät sie an die Freaks. An die Chaoten. Die Verlogenen. Immer wieder. Immer wieder die gleiche Geschichte.
Sie starrt aus dem Fenster.
Nirgendwo kann man so intensiv aus dem Fenster starren wie in der U-Bahn.

Zwei Tage später erhält sie von dem Weißhaarigen einen sorgfältig mit der Schreibmaschine getippten Brief.

Liebe Frau Demuth, schreibt er, *gestern, wenige Augenblicke nach unserer abrupten Trennung, ist mir bewußt geworden, welch gravierenden Fauxpas ich begangen habe. Es war natürlich die Folge eines unverzeihlichen, kompletten Black-out.*
Daß zwischen uns auf Dauer aus bekannten Grün-

158

den keine engere Beziehung entstehen würde, war uns bald klar.

Aber daß man sich unabhängig davon nicht zu einem Gespräch bei einer Tasse Kaffee treffen kann, das war natürlich töricht und absoluter Stuß – unreflektiert – und Ausdruck einer Kurzschlußreaktion.

Dazu stehe ich – es ist gelaufen und nicht reparierbar. Ich kann es nur schlicht und zutiefst bedauern.

Ihr

Friedhelm Schaller

Arschloch, ist alles, was Ina dazu einfällt. Nun bedauern Sie mal schlicht und zutiefst, Herr Schaller, Sie Feigling, Sie Schlappschwanz. Ich werde Ihnen nicht antworten, Sie Verdränger, Sie unerwachsener, unreifer Mensch. *Daß zwischen uns auf Dauer aus bekannten Gründen keine engere Beziehung entstehen würde, war uns bald klar.* So was zu schreiben, ist unverschämt, eine Frechheit. *Uns* war überhaupt nichts *klar aus bekannten Gründen.* Aber mir ist jetzt klar, dass ich mit Ihnen nichts mehr zu tun haben möchte, mit einem Mann, der seiner eigenen Wahrheit nicht ins Gesicht schauen kann.

Während sie das Blatt locht und in ihrem Ordner »Privates« abheftet (aufheben möchte sie dieses denkwürdige Schreiben als Zeugnis männlicher

159

Inkompetenz schon), beschließt sie: Herr Weißhaar, ab sofort existieren Sie für mich nicht mehr. Falls Sie die kunstgeschichtliche Seniorenvorlesung auch fürderhin zu besuchen gedenken ... ich werde Sie ignorieren. Das war einfach zu viel, was Sie mir zugemutet haben. Diese Kränkung habe ich nicht auch noch gebraucht in meinem Leben.

Und dann geschieht etwas, was Ina selbst nie für möglich gehalten hätte: Im folgenden Sommersemester – er ist tatsächlich anwesend – behandelt sie ihn wie Luft. Sie schaut ihn an und sieht durch ihn hindurch. Sie erwidert seinen zaghaften Gruß nicht, reagiert nicht auf sein Kopfnicken. So sehr er sich auch anstrengt, einen Blick von ihr zu erhaschen, ihre Aufmerksamkeit auf sich zu lenken, sich in ihrer Nähe zu platzieren, mit ihr zusammen den Hörsaal zu betreten, den gleichen Weg wie sie aus dem Gebäude zu nehmen – so sehr er sich bemüht –, Ina würdigt ihn keines Blickes.

Auch im darauffolgenden Wintersemester nimmt Ina keinerlei Notiz von ihm. Das heißt, so stimmt es nicht ganz. Sie nimmt sehr wohl Notiz von ihm. Beim Betreten des Hörsaals zum Beispiel stellt sie in Sekundenschnelle fest, ob er irgendwo sitzt oder wo sie ihn gegebenfalls zu übersehen hat. Und beim Verlassen des Hörsaals achtet sie penibel darauf, nicht in seine Nähe zu gelangen.

Es wird wieder Weihnachten, das Erlebnis Weißhaariger hat seine beißende Aktualität verloren.

Silvester und Neujahr ziehen vorbei, und am 18. Januar bekommt Ina von Herrn Doktor Schaller einen Brief. Fast auf den Tag genau ein Jahr, nachdem er ihr erklärt hat, er könne keinen Kaffee mehr mit ihr trinken gehen, findet Ina, als sie nachmittags vom Einkaufen nach Hause kommt, einen Brief von ihm in ihrem Briefkasten.

Sie schließt die Wohnungstür auf, legt den Brief im Flur auf die Kommode, stellt ihre Taschen und Tüten in der Küche ab, wäscht sich die Hände und räumt ihr Eingekauftes in Kühlschrank und Speisekammer. Dann greift sie nach dem Kuvert, dreht es hin, dreht es her, hin und her. Kurz entschlossen – legt sie es wieder auf die Kommode. Was wird der schon schreiben außer neuen Ungezogenheiten und Frechheiten, denkt sie. Will ich nicht. Am besten, ich werfe den Brief ungelesen in den Müll. Aber sie legt ihn doch wieder zurück. Geht in die Küche, trinkt ein großes Glas Wasser und macht sich einen Espresso. Mit dem Tässchen in der Hand wandert sie in ihrem Wohnzimmer umher – die ganze idiotische Situation von vor einem Jahr kommt ihr wieder in Erinnerung, das unmögliche Verhalten dieses Doktor Schaller, die Kränkung, die er ihr zufügte ... Nein, ich mach ihn nicht auf, den

161

Umschlag, denkt sie. Ich könnte ihn ja aufs Postamt bringen und sagen Annahme verweigert – dann müssen die von der Post ihn zurückschicken ... wär aber blöd ... Vielleicht hat er was zu sagen, der Herr Weißhaar. Soll ich ihm eine Chance geben? Ja? Nein? Was tun? Umschlag aufmachen oder fortwerfen?

Da kommt auf einmal Hilfe in Form eines Erinnerungsblitzes: Ina, aufgewachsen bei Eltern, die ihr die Entwicklung eigener Entscheidungsfähigkeit vorsorglich ausprügelten, hat sich im späteren Verlauf ihres Lebens angewöhnt, in Zweifels- und Konfliktfällen mit sich selbst so umzugehen wie mit ihrer besten Freundin. So, Edelgard, sagt sie daher auf einmal, nimmt den Umschlag, reißt ihn auf und holt das Blatt heraus, das wieder mit der Schreibmaschine getippt wurde, so, jetzt sind wir erwachsen und lesen den Brief. O. k.? Edelgard, abwesend wie sie ist, nickt heftig.

Sehr geehrte, liebe Frau Demuth,

jedes Mal wenn ich Sie im Hörsaal sitzen sehe, wird mir bewußt, wie unsäglich weh ich Ihnen getan haben muß vor 1 Jahr.
Es war sicherlich einer der schwersten Fehler, die ich mir je in meiner vita geleistet habe – im Grunde unverzeihlich!

162

Sollten Sie mir diesen Fauxpas vielleicht dennoch nachsehen können, wäre ich Ihnen zutiefst dankbar.

Dann könnte ich Sie (wieder) unbefangen und erleichtert anschauen – vielleicht mit einem ganz kleinen Quäntchen Hoffnung einem Menschen gegenüber, den ich im Grunde außerordentlich geschätzt und auch gern gehabt habe.

Sie haben mich einfach die ganze Zeit nie ganz losgelassen, liebe Frau Demuth.

Zum Glück sind wir aber alle frei in unseren Enscheidungen.

Ihr

Friedhelm Schaller

Na so was, denkt Ina, der entschuldigt sich ja. Was es alles gibt. Schreibt mir dieser Mann nach einem Jahr und entschuldigt sich. Wow! Hat er also doch gemerkt, was für einen Scheiß er gebaut hat. Hätte ich ihm gar nicht zugetraut. Aber bitte sehr. Auch ich kann mich irren. Vielleicht antworte ich ihm bei Gelegenheit und bedanke mich. Ina legt das Blatt in ihren Postbeantwortungskorb.

Tags darauf beschäftigt sie sich mit ihrer Korrespondenz, bedankt sich für Weihnachtskarten und plant Treffen fürs neue Jahr. Und weil sie gerade in

Schwung ist, denkt sie: Schreibe ich diesem Doktor eben auch zwei Zeilen, dann ist die Sache erledigt und ich krieg sie endgültig aus dem Kopf, nimmt seinen Brief noch einmal zur Hand, liest genau, um herauszufinden, wo sie am besten mit ihrer Antwort einhakt ... und stellt fest: Der hat sich ja gar nicht entschuldigt. Mit keiner Zeile, keinem Wort hat er sich entschuldigt. Oder um Verzeihung gebeten. Wenn er sich nicht entschuldigt hat, es jedoch auf den ersten Blick so aussieht, als habe er es getan, was hat er dann getan? Ina liest akribisch Wort für Wort: *Es war sicherlich einer der schwersten Fehler, die ich mir je in meiner vita geleistet habe – im Grunde unverzeihlich.*

Das schreibt er. Bedeutet: Er sieht ein Fehlverhalten, konstatiert *einen der schwersten Fehler, die er sich geleistet hat* – nicht, die er gemacht, sondern *die er sich geleistet hat –,* aber statt hier zu schreiben: Ich bitte Sie herzlich um Verzeihung, Frau Demuth, bedauert er sich; bemitleidet er sich. Er jammert, klagt sich an – ohne jedoch eine Erklärung zu geben oder wenigstens eine Andeutung zu machen, warum er sich wie ein Idiot benommen hat.

Und so was hatte jahrzehntelang Verantwortung für Menschen, war Stationsarzt, niedergelassener Frauenarzt, Geburtshelfer, Vorgesetzter, Chef, Kollege, Freund, Nachbar, Hundebesitzer, Ehemann und Geliebter, ist Vater und Großvater, Vorsitzender eines Musikvereins, Chormitglied und wer weiß was noch alles. Und kann sich nicht einmal entschuldigen.

Was ist nur mit einem solchen Mann los? Fehlt ihm Empathie? Ist er sozial atrophisch? Emotional behindert? Leidet er an Kordialinsuffizienz? Leidet er an Bewusstseinstrübung? An Einsichtsmangel?

Stop, Ina!, sagt sie sich. Dieser Mann leidet an gar nichts. Er findet sich völlig in Ordnung. In seinem Brief steht es doch. Er hat nur einen Fauxpas begangen:

Sollten Sie mir diesen Fauxpas vielleicht dennoch nachsehen können, wäre ich Ihnen zutiefst dankbar.

Ach, Herr Weißhaar, einen *Fauxpas* begeht man in gesellschaftlichem Kontext, wenn man zu einem hochoffiziellen feierlichen Staatsakt im Smoking statt im Cut erscheint, wenn man bei einem eleganten gesetzten Essen seiner Tischdame ins Dekolleté niest, dann begeht man einen *Fauxpas*, aber nicht wenn man wie irre davonrennt, nur weil einer einem sagt, dass er keinen Alkohol trinkt. Das ist kein *Fauxpax,* den man macht. Das ist ein *Fauxpas*, den man hat sozusagen. Den Sie haben.

Der Rest des Briefes ist indiskutabel. Ina legt ihn mit dem Seufzer: Ich werde doch nicht antworten, das regt mich nur auf, zuunterst in ihren Postbeantwortungskorb.

Da jedoch schlägt der Entscheidungs-Erinnerungsblitz wieder ein, sie zieht den Brief heraus und sagt laut: »So. Jetzt schreibe ich Ihnen eine Antwort, Herr Weißhaar, dass Ihnen Hören und Sehen vergeht und Sie mich nie mehr, nie mehr im Leben kränken, verletzen oder beleidigen werden. Nach diesem Brief werden Sie mich in Ruhe lassen. Das schwöre ich Ihnen.«

Mit Vehemenz haut sie in die Tasten:

Sehr geehrter Herr Dr. Schaller,

Ihren Brief vom 18. Januar habe ich am 21. Januar erhalten. Danke.

In der Tat hatte ich vor einem Jahr mit einer großen Kränkung, die mir widerfahren war, und mit einer noch größeren Fassungslosigkeit zu tun: Ablehnung und Zurückweisung, weil ich aus guten Gründen seit 30 Jahren abstinent lebe, und panikartige Flucht des Menschen, dem ich freimütig davon berichte.
Flucht dieses Menschen aus einem Kontakt, nicht etwa aus einer Beziehung oder Bindung, sondern nur aus einem Kontakt, aus gelegentlichen Begegnungen bei

einer Tasse Kaffee. Und eine »Begründung«, »Erklä-
rung« dieses Verhaltens, die ich allenfalls zur Kennt-
nis nehmen konnte. Zu akzeptieren gab und gibt es da
nichts für mich.

Ich akzeptiere und respektiere dagegen Ihre Bitte,
»Ihnen diesen Fauxpas nachzusehen«. Möchte aber
doch hinzufügen: Mir steht im Grunde ein »Verzei-
hen«, ein »Entschuldigen« nicht zu. Denn: Wenn ein
erwachsener Mann von mehr als siebzig Jahren auf
den Bericht einer mehr als sechzigjährigen Frau, sie
habe in ihrer Jugend eine Alkoholabhängigkeit über-
wunden und lebe seit drei Jahrzehnten völlig abstinent,
mit einer Abwehr reagiert, die groteske, ja geradezu
absurde Züge trägt, dann, sehr geehrter Herr Doktor
Schaller, hat dieser Mann sehr tief gehende Gründe für
seine Reaktion. Und diese Gründe entziehen sich jeg-
lichem »Verzeihen« und »Entschuldigen« von außen.

Das muss der betreffende Mann mit sich selbst ausma-
chen. Von innen.

Dennoch würdige ich Ihre Zeilen und danke Ihnen
nochmals dafür, werde allerdings die kommunikative
Distanz zwischen uns, die sich ergeben hat, beibehalten.
Auch im Hörsaal.

Freundliche Grüße

Ina Demuth

Noch am gleichen Abend schickt sie diesen Brief ab. Ihren Zorn, ihre Fassungslosigkeit, ihr Entsetzen – alles wirft sie ihm hinterher in den großen gelben Kasten.

Das war's. Keine Geschichten mehr.
Herr Weißhaar, Sie waren die letzte. Der Letzte.

Ankunft in der Einsamkeit

Guten Abend, Flur, guten Abend Wohnzimmer. Wie geht's euch denn?

Hallo Telefon, warst du auch schön artig? Brav, nichts gespeichert.

Badewanne, dich begrüß ich später. Erst das Klo. Fühlst du dich besser, Kleines? Tut der Bauch noch weh? Nein? Nicht mehr. Das freut mich. So, Wannchen. Ooh, bist du glatt und kühl. Nachher baden wir zusammen.

Schlafzimmer, du hast es wieder toll getrieben. Wie du aussiehst! Ganz zerzaust und unordentlich. Das bringen wir schnell auf die Reihe.

Kopfkissen. Koki! Hör auf zu schäkern. Alles zu seiner Zeit. Leg dich hin. So. Küsschen. Hier ist deine Decke und dein Schmusebuch.

Aua. Au! Mensch Kleiderschrank, pass doch auf. Tausendmal hab ich dir gesagt, du sollst die Türen nicht offen stehen lassen. Wenn's noch einmal passiert, kriegst du zwei Wochen lang keine Wäsche.

Da ist ja auch meine kleine Küche. Gut schaust du aus. Hast wohl in der Sonne gelegen, während unsereins gearbeitet hat? Ich hab dir was mitgebracht. Augen zu, Kühlschrank auf: Fisch, Wurst, Käse, Butter und Milch. Nein. Fertig. Lass los, du! Den Cognac kriegt die Speisekammer. Also bitte, ja? Gebettelt wird nicht.

Radio, Fernseher, aufwachen! Ihr habt jetzt genug gepennt. Wer kommt heute zuerst dran? Radio. Möchtest du Musik oder Nachrichten?

Telefon, meine Güte, hast du mich erschreckt. Wer ist es? Warte. Ich komm selbst.

»Ja? Nein. Bitte. Wiederhören.«
Fonchen, mein Schatz, wir haben Glück gehabt: Der war falsch verbunden.

Frau Hasswurz

Zur Zeit ihrer Wohnungssuche im Städtchen Amselborn hatte Uta eine kleine Familie: ein entzückendes Töchterchen namens Veronika, das kurz vor der Einschulung stand, und einen gutaussehenden, hochintelligenten, charmanten Lebenskünstler. Das »gutaussehend, hochintelligent und charmant« war ihr, als sie ihn zum ersten Mal sah, sofort auf- und ins Herz gefallen. Und sie war ihm erlegen. Den Lebenskünstler lernte sie erst später kennen, da waren beide dank seiner Fertigkeiten ziemlich verheiratet sowie verarmt und lebten hauptsächlich von dem, was sie mit Büroarbeiten verdiente. Uta war also darauf angewiesen, eine preiswerte Wohnung zu finden. Das Kind brauchte endlich ein eigenes Zimmer. Sechs Jahre alt sein und kein eigenes Zimmer haben, wenn man in die Schule kommt – das geht doch nicht!

Nun meldete sich eines Morgens der Engel der Wohnungssuchenden bei Uta und sagte: »Wir vom Himmelsrat zur Regulierung von Härtefällen bei

Ehefrauen von Lebenskünstlern haben einstimmig beschlossen, dir ein wenig zu helfen, weil es dich gar so hart getroffen hat, und dir zu raten, ruf doch mal Frau Gottlieb an.«

Verwundert, weil sie sonst nie mit Frau Gottlieb telefonierte, sondern immer nur ein paar Worte mit ihr plauderte, wenn sie ihr zufällig begegnete, folgte sie dem Rat, griff noch am gleichen Tag zum Telefon und fragte Frau Gottlieb, ob sie eine freie Wohnung wisse.

»Eigentlich nicht«, sagte die, »bei mir im Haus ist alles belegt. Aber warten Sie ..., in meiner Straße, also der Schullerstraße, wohnt die Frau Bohland, Nummer vierzehn. Mit der bin ich in die Schule gegangen, wir kennen uns schon lang. Die hat in ihrem Haus seit ein paar Tagen eine Wohnung frei. Rufen Sie dort mal an.«

»Wissen Sie, wie groß und welche Etage?«

»Im Erdgeschoss. Eine Dreizimmerwohnung ist das. Sie selbst wohnt auch in dem Haus. Ich geb Ihnen ihre Telefonnummer.«

»Danke, Engel«, flüsterte Uta, »erst mal vielen Dank.«

In ihrer Lieblingsstraße, der Schullerstraße, eine Dreizimmerwohnung im Erdgeschoss. Besser könnte es gar nicht kommen. Der Telefonhörer zitterte, als sie die Nummer wählte. Und die Freundlichkeit in

172

ihrer Stimme wackelte, als sie sagte: »Guten Tag, Frau Bohland, mein Name ist Ludwig, Uta Ludwig, ich habe Ihre Telefonnummer von Frau Gottlieb bekommen, und sie hat mir gesagt, in Ihrem Haus sei eine Wohnung frei geworden. Ich suche eine. Für mich, meinen Mann und meine Tochter.«

»Frau Ludwig, ja? Habe ich richtig verstanden?« Warme, sanfte Stimme.

»Ja, Ludwig.«

»So, Sie suchen eine Wohnung. Wo wohnen Sie jetzt?«

»In der Schönstraße.«

»Das ist eine nette Gegend.«

»Ist es, aber wir möchten eine Wohnung näher am Stadtzentrum, näher an meinem Arbeitsplatz und näher an der Schule, in die unsere Tochter gehen wird. Außerdem muss die neue Wohnung größer sein als die bisherige.«

»Wo arbeiten Sie, Frau Ludwig?«

»Im Büro Großmann und Söhne.«

»Gute Firma. Und Ihr Mann?«

»Der ist kaufmännischer Freiberufler und arbeitet für verschiedene Branchen.« Das war die Standardumschreibung für Utas Lebenskünstler.

»Ich würde sagen, kommen Sie einfach vorbei und schauen Sie sich die Wohnung an. Ich wohne in der ersten Etage und bin heute bis vierzehn Uhr im Haus.«

»Danke für das Angebot. Ich könnte gegen halb zwei bei Ihnen sein. Wäre das recht?«

»Ja.«

War es so? Ist das Gespräch so verlaufen?

Nein, ganz und gar nicht. Sondern so:

»Guten Tag, Frau Bohland, mein Name ist Uta Ludwig, ich habe Ihre Telefonnummer von Frau Gottlieb erhalten ...«

»Was mischt die sich denn ein ...« Keifende, schrille Stimme.

»Ich hatte sie gefragt, ob sie ...«

»Und, was wollen Sie? Ich muss fort.«

»Ich suche für mich, meinen Mann und meine Tochter eine Wohnung und habe gehört, in Ihrem Haus ist eine frei.«

»Man kann aber keine Fahrräder stellen.«

»Das macht nichts«, sagte Uta leicht verwirrt, »wir haben keine. Könnte ich die Wohnung einmal ansehen?«

»Sie müssten aber heute um eins da sein.«

Mein Gott, Engel der Wohnungssuchenden, wen hast du mir da beschert, dachte Uta und sagte zu, um eins zur Besichtigung zu kommen.

Wie überrascht war sie, wie angenehm überrascht, als sie Frau Bohland um ein Uhr antraf, eine sympathische, adrette Frau von etwa Ende fünfzig, die ihr auf zuvorkommende Weise die Wohnung zeigte und sie mit dezenter Neugier musterte.

Uta war begeistert: eine große Dreizimmerwohnung mit Balkon, Keller, Speicher, Garten, einem kleinen Hof in einem gut erhaltenen gepflegten Altbau. Freilich müsste man die Wohnung renovieren, die Wände streichen, die Fußböden erneuern.

»Mir gefällt die Wohnung sehr gut«, sagte Uta, »ab wann wäre sie zu mieten, Frau Bohland?«

»Ab sofort. Die junge Familie, die bisher hier gewohnt hat, hat ihr drittes Kind bekommen, die Wohnung wurde ihnen zu klein und sie haben sich etwas Größeres gesucht. Hier im Haus gibt es eben nur Dreizimmerwohnungen. Jedenfalls hab ich den jungen Leuten gesagt: Ihr habt jetzt so viel zu tun, ihr braucht keine Nachmieter zu suchen, da wird schon jemand kommen. Und: Ich habe recht gehabt.«

»Wie hoch ist die monatliche Miete?«

»Fünfhundertfünfzig Mark kalt und zweihundert Mark Nebenkosten.«

»Siebenhundertfünfzig Mark Mark komplett«, sagte Uta erleichtert vor sich hin.

War es so? Ist der erste persönliche Kontakt so verlaufen?

Nein. Es war so: Uta war entsetzt, als sie Frau Bohland um ein Uhr antraf, eine unangenehme, schmuddelige Erscheinung, mit einer dunkelblau geblümten Kittelschürze und einer fleckigen Vorbindeschürze angetan, mit schmutzigen Händen, nach ungewaschenem Haar und ungeputzten Zähnen riechend. Und, wie schon am Telefon, mit keifender Stimme. Das Haus genauso ungepflegt wie die Vermieterin selbst.

Uta schaute sich in der Wohnung um. Die war in der Tat groß, mit hohen Decken, heimelig wirkend, aber sehr renovierungsbedürftig.

»Weshalb sind die vorigen Mieter ausgezogen, Frau Bohland? Das ist doch eine schöne Wohnung.«

»Die hab ich rausgeschmissen, als sie das dritte Kind bekommen haben. Und ein Klavier haben sie sich auch noch angeschafft. Das geht nicht: drei Kinder und ein Klavier.«

»Ooh!«

»Haben Sie einen Hund oder eine Katze? Das ist nicht erlaubt.«

»Nein, haben wir nicht.«

Engel der Wohnungssuchenden, warum schickst du mich zu dieser Person?, dachte Uta.

»Wie alt ist Ihre Tochter?«

»Sechs Jahre.«

»Hoffentlich ist sie brav.«

»Ist sie. Wann könnte ich mit meinem Mann und meiner Tochter kommen? Die müssen sich schließlich auch die Wohnung anschauen.«

»Das geht nur morgen Mittag um fünf. Ich muss jetzt fort.«

So verlief der erste Kontakt.

Und Uta beschloss: Bei der ziehe ich nie ein, bei dieser schrecklichen Person.

Aber die Wohnung, die Wohnung begeisterte sie. Und der Preis war wahrhaftig siebenhundertfünfzig Mark warm. Bezahlbar. *Diese* große Wohnung. In *der* Lage. Alles gut zu erreichen: das Büro, die Schule, die Bushaltestelle, der Park, die Geschäfte, die man braucht.

»Engel, Engel, eine so tolle Wohnung bei einem so unangenehmen Menschen. Was mutest du mir da zu?«, fragte Uta.

»Ich weiß schon, was ich tue«, antwortete er. »Wir vom Himmelsrat zur Regulierung von Härtefällen bei Ehefrauen von Lebenskünstlern haben uns etwas dabei gedacht, bevor wir dich dorthin geschickt haben. Habe Geduld, eines Tages wirst du unsere Entscheidung ...«

»Eines Tages, eines Tages, ich würde es gern jetzt verstehen«, erwiderte Uta.

Aber sie verstand es nicht.

Am Tag darauf besichtigte sie die Wohnung mit Mann und Kind. Und stellte fest: Irgendetwas war mit dieser Vermieterin passiert seit dem ersten Gespräch. Sie war ordentlich frisiert, sauber angezogen und plauderte freundlich – mit dem Lebenskünstler.

»Haben Sie selbst auch Familie?«, fragte der.

»Nein«, antwortete sie. »Wissen Sie, der Krieg hat viele Lebenspläne zerstört, und ich gehöre der Generation Frauen an, von deren Freunden, Verlobten und Ehemännern viele gefallen sind.«

»Einer Tante von mir ist es auch so ergangen«, entgegnete der Lebenskünstler. (Er hatte überhaupt keine.) »Sie haben aber sicher Verwandte. Geschwister, Kusinen, Neffen oder Nichten?«

»Weder noch, ich steh ganz allein«, gab Frau Bohland bereitwillig Auskunft. »Vor fünfzehn Jahren sind meine Eltern gestorben, erst mein Vater, dann meine Mutter, im gleichen Jahr. Beide waren Einzelkinder, wie ich übrigens auch, und seither lebe ich sehr zurückgezogen.«

»Und wer wohnt in der zweiten Etage?«

»Eine Lehrerin, die ist sehr ruhig.«

»Berufstätig sind Sie sicher noch?«, erkundigte er sich weiter.

»Nicht mehr, ich war beim Zoll, habe vor einigen Jahren aufgehört, weil ich sonst mit der Verwaltung meiner Häuser und Liegenschaften nicht mehr klargekommen wäre. Arbeit habe ich genug, mir wird nicht langweilig.«

»Also, Frau Bohland, wir nehmen die Wohnung«, sagte der Lebenskünstler. »Abgemacht?«

Sie strahlte ihn an. »Abgemacht«, bestätigte sie und gab ihm die Hand.

War es so? Ist das Gespräch so verlaufen?
Ungefähr so. Frau Bohland säuselte dem Lebenskünstler etwas vor, ohne zu merken, dass er sie aushorchte. Er säuselte zurück. Uta stellte beruhigt fest, dass beide miteinander auskamen.

Drei Monate später wohnten sie in der Schullerstraße Nummer vierzehn, und Uta war einigermaßen zufrieden. Vor allem damit, dass ihr Kind endlich ein großes eigenes Zimmer hatte.

Es folgten jedoch schwierige Zeiten. Frau Bohland verbot Veronika, in dem kleinen Hof zu spielen, sie untersagte der jungen Familie die Nutzung des Gärtchens hinterm Haus, obwohl die dessen Bearbeitung und Pflege angeboten hatte. Sie ließ nicht, wie sie vor dem Einzug angekündigt hatte, die uralten zugigen Fenster erneuern. Sie stellte die Heizung so ein, dass die Raumtemperatur in der Wohnung auch im härtesten Winter nie über achtzehn Grad Celsius stieg. Utas Hinweise, sie würden eventuelle Mehrkosten doch bezahlen und außerdem sehe das Mietrecht eine Raumtemperatur von mindestens einundzwanzig Grad vor, wischte Frau Bohland mit einer Handbewegung zur Seite. Nur gelegentlich vor Weihnachten konnte sie durch inständiges Bitten dazu bewegt werden, die Temperatur höher zu stellen.

Am unangenehmsten waren Frau Bohlands hysterische Ausbrüche, wahre Kreischorgien, wenn ihr irgendetwas nicht passte. Sie konnten zu jeder Tages- und Nachtzeit erfolgen, diese Kreischorgien, auf jeder Treppenstufe, im Garten, im Hof oder auf der Straße vor dem Haus, beim Postboten, der Veronika ein Päckchen brachte, oder wenn Freunde die junge Familie besuchten und deren Gelächter bis in die Wohnung obendrüber drang. Nie war man sicher, ob die Kreischerei wieder ausbrechen und wie lange sie dauern würde.

Und als Frau Bohland eines Tages im zweiten Winter, den sie in ihrem Haus wohnten, schrie, sie wolle nicht, dass Uta ihr im Advent einen Tannenzweig und ein paar selbstgebackene Plätzchen bringe, sonst müsse sie ihr auch was geben, und das passe ihr nicht, wurde klar: Die Frau ist nicht in Ordnung. Oder anders gesagt: Die ist krank. So boshaft und hysterisch sein, nicht nur ein wenig schrullig, wie man anfangs gedacht hatte, das war nicht mehr normal. Frau Bohlands Geist war ganz offensichtlich ebenso verdorrt wie ihr Körper. Und in ihrer Seele hatten nur noch Neid und Hass Platz. Und Geiz.

Wer so reagiert, dem muss irgendwann Schlimmes angetan worden sein. Was es war und warum es so war, vermochte Uta nie zu ergründen. Ihre Freundlichkeit und Zugewandtheit jedenfalls konnten Frau Bohland überhaupt nicht erreichen.

Die war ein armseliger, bemitleidenswerter Tropf. Eine Frau mit ungeheuer viel Geld, mit einem großen Besitz an Häusern, Grundstücken, Wohnungen, die nichts, aber auch gar nichts mit sich, mit ihrem Wohlstand, ja mit ihrem ganzen Leben anzufangen wusste. Ihr Daseinszweck schien der zu sein: Andere Menschen zu tyrannisieren und zu beschimpfen. Offenbar die einzige Methode, wie sie innerlich überleben konnte.

Wenn Uta sich wieder einmal entsetzlich über ihre Vermieterin geärgert hatte, haderte sie mit dem Himmelsrat zur Regulierung von Härtefällen bei Ehefrauen von Lebenskünstlern und dem Engel der Wohnungssuchenden, die sie für das neue Zuhause auserkoren hatten: »Wie könnt ihr mir nur diese Verrückte zuweisen«, sagte sie. »Warum ausgerechnet mir? Die Nachbarn haben mir mittlerweile erzählt, dass es niemand länger als zwei oder drei Jahre in dieser Wohnung ausgehalten hat. Entweder hat das Scheusalsweib den Leuten gekündigt oder die sind freiwillig ausgezogen. Im ganzen Städtchen wird sie

181

nur die Bisswurz genannt, aber für mich ist sie eine Hasswurz.«

»Wissen wir doch«, erwiderte der Engel, »wissen wir wirklich. Habe Geduld. Eines Tages ...«

Uta wollte es nicht mehr hören. Der Preis für eine preiswerte Wohnung war hoch.

Aber wenigstens erhöhte Frau Hasswurz die Miete nicht.

Nach sieben Jahren gemeinschaftlichen Lebens zerbrach Utas Ehe, der Lebenskünstler zog zu seiner Geliebten. Uta blieb mit ihrer Tochter in der Wohnung, geriet in eine gewaltige Krise und wurde von Existenzängsten geschüttelt. Sie musste ihrer Vermieterin mitteilen, dass ihr Ehemann ausgezogen war und sie die Scheidung beantragt hatte. Niemand hatte es mitbekommen, weil es leise geschehen war. Was sagte Frau Bohland dazu? Mit quäkender Stimme?: »Da kann er aber von Glück reden, dass er noch eine gefunden hat.«

Uta verschlug es die Sprache.

Ihr Leben nahm bald eine positive Wendung. Mit ganzer Kraft widmete sie sich ihrer Berufsarbeit. Aus Veronika wurde trotz oder wegen der familiären Katastrophe ein nachdenklicher Teenie. Nach und nach gelang es ihr, sich in der neuen Lebenssituation zurechtzufinden. Einfach war es nicht. Für die Tochter nicht, für die Mutter nicht. Aber sie bekamen es hin – mit Hilfe von außen und von innen.

Die Schulzeit durchlief Veronika mit Bravour. Irgendwann hatte sie ihren ersten Freund.

Frau Bohland schmunzelte, als sie den beiden eines Abends im Treppenhaus begegnete, wie Veronika erzählte, und fragte am Tag darauf, während sie zufällig gleichzeitig mit Uta das Haus verließ, ob das der Freund der Tochter sei.

»Ja, die beiden sind seit ein paar Wochen zusammen, wie man heute sagt.«

»Ein reizender junger Mann ist das. Der passt wirklich gut zu Ihrer Tochter. Sie ist ja auch ein nettes Mädchen. Und so hübsch. Außerdem ist sie immer höflich.«

Von wegen, sie schmunzelte, die Frau Hasswurz, und sagte ein paar nette Worte. So hätte man es gern gehabt. Aber wie war es wirklich?

»Kann noch nicht mal eine Tasse Kaffee kochen und hat schon ’n Kerl im Bett.«

Das kreischte sie aus ihrer Wohnung ins Treppenhaus, als sie festgestellt hatte, dass Veronika einen Freund hatte. Offenbar konnte sie von ihrem Balkon in der ersten Etage direkt in Veronikas schräg darunter liegendes Zimmer und auf deren Bett schauen, wie Mutter und Tochter hinterher rekonstruierten. Sie tobte und schrie einen ganzen Abend lang in ihrer Wohnung herum. Anderntags kauften Uta und Veronika ein Rollo für das Fenster.

Ratlos wandte sich Uta an den Engel der Wohnungssuchenden: »Kannst du mir erklären, wieso auch meine Tochter von dieser boshaften alten Schreckschraube betroffen ist? Kann die nicht wenigstens mein Kind und seinen Freund in Ruhe lassen? Was ist der Sinn dahinter?« Der Engel machte ein ernstes Gesicht, zuckte die Flügel und schwieg.

Irgendwann lebte Uta allein in der Wohnung. Veronika absolvierte anderswo eine Ausbildung.

Das Verhältnis zwischen Mieterin und Vermieterin wurde sehr gespannt. Letztere entwickelte sich nämlich immer mehr zu einer bösartigen Alten. Als Uta mit Hilfe eines Anwalts eine Mietkürzung durchsetzte, weil weder die völlig morsch gewordenen Fenster in der Wohnung erneuert wurden (nicht einmal das im Bad, das überhaupt nicht mehr zu schließen war) noch für ausreichend Wärmezufuhr im Winter gesorgt wurde, wurde Frau Bohland schier wahnsinnig vor Wut. Es ist nur mit Tobsucht zu beschreiben, was nun folgte. »Ihnen lass ich doch keine neuen Fenster machen«, brüllte sie immer wieder. Und: »Die Heizung ist so eingestellt, das bleibt. Wem's nicht passt, der kann ja ausziehen.«

Es passte Uta nicht. Aber sie zog nicht aus. Wohin denn auch – mit ihrem bisschen Geld? Konsequenz: Frau Bohland stellte keine Nebenkostenrechnung mehr auf, was sie bis dato penibel und pünktlich gemacht hatte. Uta brauchte oft die Hilfe des Anwalts, um sich zu vergewissern, dass sie sich richtig verhielt und keine Fehler machte, die ihr irgendwann zum Nachteil gereichen würden. »Gegen Verrücktheit gibt es kein Gesetz, Frau Ludwig«, sagte er ein ums andere Mal. Übersetzt hieß das: »Mädel, entweder du hältst es aus, oder du suchst dir was Neues.«

Die Jahre gingen ins Land. Trotz aller Widerwärtigkeiten gewöhnte sich Uta an ihre ekelhafte Vermieterin, an deren Getrampel und Geschrei über ihr, wenn sie Besuch hatte, an deren zunehmend unangenehmen Geruch, das unappetitliche Äußere, an die Tatsache, dass sie mit einem klassischen Messie unter einem Dach wohnte, der keinerlei Abfall produzierte, sondern alles irgendwo aufbewahrte oder versteckte. Gelegentlich wehte ein Sturm dutzende leerer Margarine- und Wurstschachteln vom Balkon in der ersten Etage in den Hof.

Uta gewöhnte sich an Geplärre und Gekreische bei jeder Art Gespräch und an absurde Wutanfälle nachts zwischen eins und zwei, wenn sie vor dem Schlafengehen die Toilettenspülung benutzte.

Ganz dringende Reparaturen ließ Frau Bohland ausführen, zum Beispiel verrostete Wasserrohre erneuern oder einen neuen Heizkessel installieren. Manchmal sagte sie den Mieterinnen auch vor einer Reparatur Bescheid, was heißt, sie sagte, sie keifte. Doch mit zunehmendem Alter unterließ sie das, und so konnte es passieren, dass das Wasser in den Wohnungen abgestellt war, die Mieterinnen aber nicht wussten, weshalb.

Trotzdem gelang es Uta in dieser Zeit, das problematische Mietverhältnis zu akzeptieren. Sie wollte und konnte nicht ausziehen, denn ihr war bewusst, sie würde nie wieder eine so preiswerte große Wohnung finden. Und sie war nach wie vor darauf angewiesen, preiswert zu wohnen, damit sie einigermaßen über die Runden kam und ihr Kind unterstützen konnte, das mit seiner Ausbildung noch nicht fertig war.

War Uta bisher mit ihrer Vermieterin höflich und zurückhaltend umgegangen, bemühte sie sich von nun an, ausgesprochen freundlich zu sein. Sie begriff, dass dieser bedauernswerte Mensch nie aus dem Gefängnis seines Hasses würde herauskommen können. Einerseits hatte Frau Bohland Uta zu ihrem persönlichen Feind erklärt, andererseits war sie ein ums andere Mal auf deren Kooperation angewiesen, zum Beispiel wenn Handwerker im Haus arbeiteten. Und dieses Angewiesensein entzündete dann wieder eine tagelang explodierende Hass- und Wutrakete. Ein Dilemma für beide, das Uta jedoch auszuhalten lernte, weil sie es aushalten musste.

Einmal, als Uta die alten Existenzängste plagten, fragte sie den Engel der Wohnungssuchenden, welcher Himmelsrat nun für sie zuständig sei, denn der zur Regulierung von Härtefällen bei Ehefrauen von Lebenskünstlern sei es wohl nicht mehr.

»Doch, doch«, antwortete der Engel, »das ist der gleiche Rat, Abteilung GUA.«

»GUA?«

»Ja, geschieden und arm. Dein Ehemaliger zahlt doch nichts, weder für dich noch für dein Kind, das ja auch sein Kind ist, oder?«

»Nein, er zahlt nichts«, entgegnete sie, »keinen Pfennig.«

»Hat er mal was bezahlt?«

»Nein, müsstest du ja wissen.«

»Lass mich nachdenken«, meinte der Engel, »dann ist das sogar die Abteilung Super-GUA.«

»Hast du eine Ahnung, wie dieser Rat entschieden hat, ob ich wohnen bleiben kann?«

»Solltest du gemerkt haben«, antwortete der Engel. »Die Miete hat sie jedenfalls nicht erhöht.«

Uta merkte es auch weiterhin, denn irgendwie kam sie zurecht mit Frau Bohland, mehr schlecht als recht, aber es ging.

Bis es eines Nachmittags im Juli des dreiundzwanzigsten Jahres in ihrer Wohnung nach Rauch roch. Sie machte die Wohnungstür auf, sah und roch im Treppenhaus ebenfalls Rauch, stürmte die Treppe hoch und läutete bei Frau Bohland. Die öffnete, barfuß, nur mit einem Unterhemd bekleidet, und machte einen verwirrten Eindruck. Einen völlig verwirrten Eindruck. Die Haare standen ihr zu Berg, in der einen Hand hielt sie einen Kochlöffel, in der anderen einen schwarzen Lappen, auf beiden Schultern lagen Handtuchfetzen. »Ist was passiert, weil Sie so heftig klingeln?«

»Aus Ihrer Wohnung kommt Rauch«, sagte Uta aufgeregt, »brennt da was bei Ihnen?«

»Ach, das. Ich habe mir eine Suppe auf den Herd gestellt und bin dann eingeschlafen. Das kann doch passieren. Ich hab schon die Fenster aufgemacht.«

»Lassen Sie sehen«, sagte Uta und ging in die Küche, wo dunkle Rauchschwaden herumwaberten. Auf dem Herd stand ein kleiner Topf mit pechschwarzem stinkendem Inhalt. Uta drehte die glühende

Herdplatte aus, schob den Topf zur Seite und sah sich nach irgendwelchen Schäden um, fand aber keine. Dann betrachtete sie ihre Vermieterin genau und eindringlich. Die wirkte immer noch total desolat und schaute in der Küche herum ... irritiert? Nein. Irrend? Auch nicht. Irre! Sie schaute irre in der Küche herum.

Die Frau ist verrückt geworden, dachte Uta, nun ihrerseits durcheinander, so habe ich sie ja noch nie erlebt. Was ist nur passiert?

Laut sagte sie: »Waren Sie so erschöpft, dass Sie sich am Nachmittag hingelegt haben?«

»In letzter Zeit bin ich oft müde. Und schwindlig ist mir auch.«

»Da wär's wohl vernünftig, mal zum Arzt zu gehen, oder?«

»Ach die Ärzte, die wissen doch auch nichts.«

»Ich geh jetzt wieder runter, Frau Bohland. Wenn Sie Hilfe brauchen, melden Sie sich bitte bei mir.«

»Ja, ja.« Keifen, Türenknallen.

Du liebe Zeit, dachte Uta, in ihrer Wohnung angekommen, die Frau ist wirklich verrückt, ist auf einmal dement geworden. Was macht man da? Was soll ich bloß tun? Wie soll das hier im Haus weitergehen? An wen könnte ich mich wenden?

Eine Weile war Uta noch nachdenklich, vergaß dann aber das Vorkommnis, bis Frau Bohland eines

Abends – einige Wochen später – heftig an Utas Wohnungstür klingelte, und als diese öffnete, fragte, wo ihr anderer Schuh sei. Dabei hielt sie eine abgetragene Sandale hoch.

»Wie soll ich wissen, wo Ihr Schuh ist?«, sagte Uta entsetzt. »Was ist denn geschehen?«

»Gar nichts ist geschehen. Mein Schuh ist gestohlen worden.«

»Aber wer stiehlt *einen* Schuh?«

»Das weiß ich doch auch nicht. Deshalb frage ich Sie ja.«

Das heißt, ein wenig anders war es doch: Frau Hasswurz klingelte an Utas Wohnungstür, und als die öffnete, hielt sie ihr die abgetragene Sandale vors Gesicht und schrie: »Sie haben mir den anderen Schuh gestohlen. Und die Bilder mit den grünen Rahmen haben Sie mir auch gestohlen. Sie Dieb, Sie gemeines Mensch. Sie Verbrecher. Ich zeig Sie an. Ich bring Sie ins Zuchthaus.«

»Ich habe Ihnen gar nichts gestohlen«, antwortete Uta, um Ruhe bemüht, »vielleicht haben Sie den Schuh verlegt.«

»Nichts hab ich verlegt. Sie haben ihn gestohlen, Sie Schwindler, Sie Miststück, Sie hinterhältiger Mensch. Geben Sie ihn sofort wieder her!«

Was sagt man einer dementen, aggressiven Person? Glücklicherweise fiel Uta ein, einmal gelesen zu

190

haben, Dementen dürfe man ihre Wahrnehmung nicht ausreden, sondern solle sie als real ansehen und sich so um eine Lösung bemühen. »Jetzt suchen Sie noch mal in Ihrer Wohnung nach dem Schuh, und wenn Sie ihn nicht finden, gehen Sie zur Polizei und melden das, ja?«

Zu Utas Erleichterung stimmte Frau Bohland dieser »Lösung« zu und tappte die Stufen hoch. Wahrscheinlich hatte sie schon auf dem ersten Treppenabsatz keine Ahnung mehr davon, weshalb sie im Haus mit einem Schuh unterwegs war, bei wem sie war, und ob irgendjemand irgendetwas gesagt hatte.

Als Uta zwei Wochen danach abends aus dem Büro heimkam, fehlten alle Fußmatten im Haus: die zwei an der untersten Treppe, die eine vor ihrer Wohnungstür, die an der Tür zum Garten, die in der ersten Etage und – teils bestürzt, teils amüsiert ging sie noch eine Treppe höher – sogar die in der obersten Etage. Alle verschwunden, die Tür zu Frau Bohlands Wohnung indes sperrangelweit auf, nichts Gutes verheißend.

Zögerlich ging Uta hinein. Die ganze Diele war bis oben hin mit Kartons vollgestellt, darüber hing eine Wolke üblen Geruchs, ein Gemisch aus ranzigem Fett und verdorbenem Fisch.

»Frau Bohland, sind Sie da?«, fragte sie laut und entdeckte im gleichen Augenblick sämtliche Fußmatten säuberlich aufgestapelt vor der Wohnzimmertür.

»Hallo?« Auf dem Fußboden im Wohnzimmer kauerte eine dürre, seltsam gekleidete Gestalt, umgeben von Dutzenden Zeitungen, und sortierte offenbar irgendetwas.

»Frau Bohland, kann ich Ihnen helfen?«

»Wer sind Sie? Was machen Sie hier? Wie sind Sie ins Haus gekommen?« Geschrei. Empörung. Aggression.

»Ich bin doch die Frau Ludwig, Ihre Mieterin aus dem Parterre.«

»Natürlich, entschuldigen Sie bitte, dass ich Sie nur im Nachthemd empfange. Jemand hat mir alle meine Kleider gestohlen und ich habe nichts mehr zum Anziehen.«

»Im Flur liegt eine Jacke, die hole ich Ihnen«, erwiderte Uta und ging hinaus.

»Nebendran die Hose können Sie mir auch mitbringen«, rief Frau Bohland ihr nach.

Tatsächlich, da lag noch eine Hose. Uta brachte beides. Die Bohlandsche zog sich an und beschäftigte sich dann wieder mit dem Sortieren. Jetzt war auch zu erkennen, was es war: Aus alten Zeitungen suchte sie die Prospekte heraus, strich sie sorgfältig glatt und legte sie ordentlich in einer Reihe neben sich. Die Anwesenheit eines anderen Menschen schien sie schon wieder vergessen zu haben.

So was habe ich ja noch nie erlebt, dachte Uta, die

Frau ist komplett hinüber. Sie sagte »Aufwiedersehen«, stolperte beim Hinausgehen über etwas Hohes
und fügte hinzu: »Die Fußmatten nehme ich mit
und lege sie wieder an ihren alten Platz, in Ordnung?«

»Ja, ja, danke. Ach ja, die Fußmatten. Legen Sie sie
bitte wieder hin. Wie gut, dass Sie sich im Haus so
auskennen, Frau Ludwig. Danke.«

Zutiefst beunruhigt überlegte Uta anschließend, was
zu tun sei, denn dass jetzt etwas geschehen müsse,
war ihr sonnenklar, schon um ihrer eigenen Sicherheit willen. Sie sprach noch am gleichen Abend mit
der Hausmitbewohnerin. Die wollte sich jedoch aus
allem heraushalten und meinte, wenn es hier nicht
mehr weiterginge, würde sie eben ausziehen. Auch
eine Einstellung den Absonderlichkeiten des Lebens
gegenüber.

Uta ging vier Tage mit sich zu Rate und wandte sich
dann, weil es ja keinerlei Angehörige gab, die sie
hätte benachrichtigen können, telefonisch an die
zuständige Stelle im Sozialamt der Stadt, an eine
Frau Dählich.

»Ich möchte niemand Unrecht tun«, sagte Uta,
»weder meiner Vermieterin noch Ihnen, aber ich
möchte auch nicht, dass es später, wenn erst eine
Katastrophe passiert ist, heißt: Warum hat nie-

mand Bescheid gegeben. Wir hätten beizeiten helfen
können. Was tut man als Mieterin in einem Haus,
in dem die Eigentümerin kokelt, behauptet, ich
würde ihr einzelne Sandalen stehlen, alle Fußmatten kassiert und erklärt, nichts mehr zum Anziehen
zu haben?«

»Genau das, was Sie jetzt tun: Uns benachrichtigen.
Mir ist die Situation nicht ganz unbekannt, und
ich habe schon längst gedacht, dass Frau Bohland
die Verwaltung ihrer Häuser überhaupt nicht mehr
managen kann, aber sie gibt nichts aus der Hand.
Mittelfristig braucht sie eine Betreuung, davon bin
ich überzeugt.«

»Mittelfristig? Wissen Sie, dieser Prozess der Ver-
wirrung hat ein solches Tempo vorgelegt, da ist es
mit mittelfristig nicht getan. Es geht auch nicht um
die Verwaltung von Liegenschaften, sondern darum,
dass der Frau jetzt, so schnell wie möglich, geholfen
wird. Und dass das Haus geschützt wird, die Mieter,
die Nachbarn, die ganze Straße. Stellen Sie sich vor,
sie kokelt wieder und ich merke es nicht oder bin
nicht da.«

»Ich verstehe schon, aber wir können natürlich auch
nicht ohne Handhabe ... Notfalls müssen Sie halt
ausziehen.«

»Und dann? Was ist damit gewonnen? Nichts.
Damit hat man doch nichts geändert.« Nach einem
Moment des Überlegens fuhr Uta langsam fort:

»Ich könnte mich ja auch an die zuständige Kirchengemeinde wenden oder vielleicht an eine ganz andere Stelle, damit die sich einschalten, wenn Ihre Behörde nichts ...«

»Nein, nein, das brauchen Sie nicht. Wirklich nicht. Ich bespreche das mal mit meinem Chef, und dann werden wir sicher eine Lösung finden.«

»Hoffentlich schnell. Wissen Sie, meine Lebensqualität ist schon stark beeinträchtigt durch die Folgen dieser Demenzerkrankung von Frau Bohland. Ich weiß nie, was ihr als Nächstes in ihren kranken Kopf kommt.«

»Wie gesagt«, knurrte Frau Dählich, »wie gesagt, notfalls müssen Sie ausziehen.«

»Wiederhören.« Wütend legte Uta den Hörer auf. So eine alberne Gans, schimpfte sie. Der fällt nichts anderes ein, als mich zum Ausziehen aus der Wohnung zu drängen. Will ich aber gar nicht. Ich will hier wohnen bleiben. So eine große billige Wohnung wie die finde ich nie wieder. Eine Katastrophe, wenn ich hier rausmüsste. Aber wenn ich drinbleibe, wird es allmählich auch zur Katastrophe. Ein paar Tage warte ich ab, tut sich dann von Seiten der Stadt nichts, werde ich andere Maßnahmen ergreifen. Wie oft schon hatte sie diesen ekelhaften Satz in ihrem Leben gehört, und nun, und nun dachte sie ihn selbst: Andere Maßnahmen ergreifen. Schrecklich.

Zunächst ergriff Uta gar nichts. Es blieb nämlich ruhig. Keine Demenzeskapaden, keine emotionalen Amokläufe, kein Gekokele, keine Ausraster. Frau Hasswurz erschien einigermaßen zurechnungsfähig, wenn auch verschmutzt und stinkend. Und Uta war ein wenig erleichtert. Vielleicht geht das doch nicht so schnell mit der Demenz, hoffte sie.

Da klingelte es abends gegen sieben, es war Herbst und schon dunkel, an ihrer Haustür. Sie meldete sich am Sprechapparat: »Ja, bitte.«

»Guten Abend, Wachtmeister Müller, sind Sie Frau Ludwig?«

»Ja.«

»Wir haben hier die Frau Bohland, könnten Sie bitte die Haustür öffnen?«

Uta drückte den Türöffner und schaute ins Treppenhaus.

Zwei stämmige Polizisten kamen die Stufen hoch, eine kleine dürre Person in ihrer Mitte, und einer sagte: »Frau Ludwig, die Frau Bohland hat sich heute Abend in der Dunkelheit ein wenig verlaufen und Passanten haben sie zu uns aufs Revier gebracht. Dort hat sie nur noch gewusst, dass Sie in ihrem Haus wohnen, und das Telefonbuch hat uns dann die Adresse verraten. Also, wir bringen sie wohlbehalten nach Hause, passiert ist offenbar nichts. Vielleicht schauen Sie mal nach ihr.«

»Ja, ja, mach ich«, entgegnete Uta, »vielen Dank«, setzte sie hinzu, überflüssigerweise, wie ihr später erschien, doch fiel ihr noch etwas ein: »Müssen Sie jetzt jemandem Meldung erstatten?«

»Ja, natürlich. Wir müssen ein Protokoll schreiben. Hat Frau Bohland Angehörige?«

»Nein, hat sie nicht.«

»Aha. Also, guten Abend.«

Während Utas Gespräch mit den Polizeibeamten stand Frau Bohland reglos im Hausflur, so als ginge sie die ganze Situation nicht das Geringste an.

Uta begleitete ihre Vermieterin die Treppe hinauf, fragte, ob sie etwas zu essen oder zu trinken bringen oder einen Arzt rufen solle, erhielt jedoch nur eine mürrische abschlägige Reaktion.

Wie schon mehrmals in der vergangenen Zeit ging Uta voller Sorge und Unruhe in ihre Wohnung zurück, grübelte, dachte nach, schlief schlecht, träumte einen Haufen dummes Zeug von brennenden Töpfen und stinkenden Fischdosen. Wachte gegen drei auf, weil die Heizung wieder mal auf Hochtouren lief und die heiße Luftzufuhr sie geweckt hatte.

Das Lieblingsspielzeug von Frau Bohland war nämlich seit einigen Monaten die Fernsteuerung der Heizungsanlage in ihrer Wohnung. Die war ein Jahr zuvor installiert worden, als sie, wie schon berichtet, einen neuen Heizkessel hatte einbauen lassen, einen mit elektronischer Steuerung, nicht mehr mit mechanischer. Eine Weile war das relativ gut gegangen, aber dann verlor sie wohl auch hier die Übersicht und drehte nach Lust und Laune an der Fernsteuerung herum. So wurden gelegentlich, auch wenn die Heizkörper ausgedreht waren, alle Heizungsrohre in Utas Wohnung – sie lagen über Putz – mitten in der Nacht glühend heiß, so glühend, dass man sie nicht anfassen konnte, und am Tag, wenn man es warm gebraucht hätte, blieben die Heizkörper kalt. Nach einigen Wochen sprach Uta ihre Vermieterin darauf an, und weil die völlig ahnungslos tat – oder auch wirklich war – und nur wieder herumbrüllte, holte sie sich Hilfe von einem befreundeten Heizungsmonteur. Der stellte die Steuerung am Kessel auf manuellen Betrieb um mit dem Ergebnis, dass Frau Bohland weiterhin an der Fernbedienung spielen konnte, aber keine Wirkung mehr erzielte.

Doch offenbar hatte sie jetzt wieder an der Armatur am Heizkessel im Keller herumgefingert und den manuellen Betrieb außer Kraft gesetzt, sodass heiße Luft in die Rohre strömte.

Also, Uta wachte gegen drei in der Nacht auf, war stinksauer und beschloss, gleich am frühen Morgen,

198

nachdem sie den manuellen Betrieb wieder heimlich hergestellt haben würde, noch vor ihrem Arbeitsbeginn bei Frau Dählich im Sozialamt persönlich vorzusprechen, Druck zu machen. Während sie den Wecker auf sechs Uhr stellen wollte, fiel ihr jedoch ein, dass heute Mittwoch war und das Sozialamt wie alle Behörden dieser Stadt mittwochs geschlossen hatte, dass sie am Donnerstag keine Zeit haben würde, und dass sie demnach nicht vor Freitagmorgen ... Sie ließ den Weckzeiger auf halb sieben stehen und dämmerte mit dem Gedanken »doch bald umziehen müssen« in den letzten unruhigen Schlaf des herannahenden Morgens.

Am Donnerstagnachmittag, Uta arbeitete am heimischen PC, gellten Schreie durchs Haus: »Ich brauche niemand, der mich betreut. Ich kann mich selbst betreuen. Hauen Sie ab. Verschwinden Sie. Und baden kann ich auch allein. Aber ich bade überhaupt nie. Wenn Sie nicht verschwinden, alarmiere ich meinen Vater, der wohnt da vorne an der Ecke ... Der ist überhaupt nicht tot. Sie lügen. Ich habe ihn gestern noch gesehen. Hauen Sie ab. Ich brauche keine Betreuung.«
Uta öffnete ihre Wohnungstür und bekam gerade noch mit, wie eine amtlich wirkende Frau verstört die Stufen hinunterhastete und durch die Haustür verschwand.

»Frau Bohland, was ist denn los?«, rief sie hinauf. Seltsamerweise fühlte sie sich für deren Wohlergehen zuständig.

»Da war so eine unverschämte Person, die wollte mich baden, aber ich hab sie rausgeworfen.«

»Vielleicht wollte sie Ihnen ja nur ein wenig zur Hand gehen. Woher kam sie überhaupt?«

»Ich brauche niemand.« Peng. Tür zu.

Jetzt soll mal die ganze Geschichte ein wenig abgekürzt werden. Man kann sich ohnehin denken, wie sie weitergeht: wie alle Geschichten, die mit Demenz zu tun haben.

Selbstverständlich bekam Frau Bohland eine Betreuung. Die Polizeibeamten hatten deren Verirrung in der herbstlichen Dunkelheit dem Seniorenbüro der Stadt gemeldet, wie sich später herausstellte. Dort hatte Frau Dählich dann tatsächlich die Initiative ergriffen und eine Sozialarbeiterin zu ihr geschickt, an jenem Donnerstag, an dem die Empörung durchs Haus gellte. Nach dem ersten Rauswurf kam die Sozialarbeiterin natürlich wieder, klugerweise in Begleitung eines älteren Mannes, den Frau Bohland wohl akzeptierte und der von Stund an, er war angeblich Wirtschaftsprüfer, ihre Finanzen »betreute«, wie er Uta auf Befragen erklärte. Sie wollte ja schließlich wissen, wie sich das Ganze entwickelte und an

wen sie sich im Notfall wenden könnte. Frau Dählich hatte es nicht für notwendig gehalten, sie darüber zu informieren, in welcher Weise sich die Stadt
nun um die verwirrte Frau Bohland zu kümmern
gedenke. Die Sozialarbeiterin organisierte alles rund
um Gesundheit und Wohnung. Ein ambulanter Pflegedienst schaute zweimal am Tag vorbei. Ein anderer Dienst brachte Essen auf Rädern. Zivildienstleis-
tende übernahmen zusätzlich Aufgaben.

Uta fühlte sich entlastet, gleichzeitig aber auch
bedrückt, weil ihr klar geworden war, dass ihre Zeit
in diesem Haus zu Ende ging. Die Lehrerin von
der zweiten Etage war mittlerweile ausgezogen, die
Wohnung blieb jedoch unvermietet.

Fau Bohlands Lieblingsaufenthaltsort im Haus war
inzwischen der Heizungskeller geworden. Uta hörte
es jedesmal, wenn seine laut quietschende Tür geöff-
net wurde. Und jedesmal ging sie auch hinunter, aus
Sorge und Angst, dass die Alte irgendwas an der Heizung herumdrehte, was zu einem Desaster werden
konnte, und fragte: »Gibt es wieder ein Problem mit
der Technik, Frau Bohland?« Meistens erzählte die
dann eine verknäulte Geschichte vom handwerkli-
chen Talent ihres Vaters oder sie schrie, was Frau
Ludwig überhaupt hier wolle. Oder sie behauptete,
den Wasserstand kontrollieren zu müssen, oder sie

kehrte mit einem verdreckten Handfeger die Ölflecken vom Boden auf.

Sie ging oft hinunter: sonntagsmorgens um halb sechs zum Beispiel, werktagsmittags um vier, abends um zehn und einmal sogar nachts um zwei.
Uta wachte vom Quietschen der Tür auf, zog rasch einen Bademantel über und sauste in den Keller.
Frau Bohland stand vor dem Heizungskessel auf einem Holzschemel, mit wirrem Haar und irrem Blick, in Unterhemd und Turnhose, klein, verdorrt, schrumpelig, und klopfte auf dem Thermostat herum. Die ganze Szenerie von einer mickrigen Glühbirne beschienen.

»Gibt es auch mitten in der Nacht Probleme mit der Heizung?«, fragte Uta.
»Ich hab mir schon gedacht, dass Sie kommen«, antwortete Frau Hasswurz und stieg von dem Schemel herunter. »Die Temperatur ist viel zu hoch eingestellt. Irgendjemand hat sich in den Keller geschlichen und hat hier was gemacht.«
»Aber so steht die Temperatur schon den ganzen Winter über.«
»Seit wann haben Sie eigentlich Ahnung von der Heizung?« Großes Gekreisch. »Sie haben doch von nichts eine Ahnung. Sie kennen sich doch überhaupt nicht aus. Sie können doch gar nichts. Sie

können nur Bücher lesen und Sprüche machen. Und Sie haben nichts. Sie haben ja nicht einmal einen Kochlöffel zum Vererben. Sie können nur's Maul aufreißen und die Madam spielen. Sonst können Sie nichts. Ja, als Ihr Mann noch da war, da ging's, der war anständig. Aber Sie, Sie sind frech und unverschämt. Und unanständig. Sie stellen nur Forderungen und bezahlen zu wenig Miete. Sie wollen nur haben und können nichts.« Ihre Stimme überschlug sich. »Die Wassertemperatur ist nicht richtig eingestellt. Das dürfen nur vierzig Grad sein. Hier habe ich das Sagen. Das ist schließlich mein Haus. Ich kann da machen, was ich will. Und wenn's Ihnen nicht passt, dann ziehen Sie aus. Verschwinden Sie, mitsamt Ihren Büchern. Sie widerwärtige, ekelhafte Person! Sie Verbrecher, Sie Dieb! Sie Dreckschwein! Sie Saumensch! Ich bring Sie um.« Drohend schüttelte sie ihre Fäuste und machte einen Schritt nach vorn.

In diesem Moment streckte Uta ihr rechtes Bein aus. Frau Hasswurz stolperte, schrie auf, fiel zu Boden und blieb liegen. Blieb stumm und reglos liegen. Uta bückte sich, betrachtete den dürren Körper in Unterhemd und Turnhose, die geschlossenen Augen, den verkniffenen Mund, griff langsam nach dem Schemel, holte aus – und schlug zu.

Ein hässliches Krachen. Ein kurzes Stöhnen.
Dann Stille.
Der Boden färbte sich rot.

War es so?

Jawohl. So war es. Uta streckte ihr rechtes Bein aus, die Alte stolperte, fiel zu Boden und blieb reglos liegen. Uta ergriff den Holzschemel, holte aus und schlug zu. Dann ging sie in ihre Wohnung und legte sich schlafen.

War es wirklich so?

Genau so war es nicht. Aber ähnlich.

Uta wurde von einer unbändigen Mordlust gepackt, als die Alte mitten in der Nacht vor dem Heizkessel herumbrüllte, ihre erbärmlichen Fäuste schüttelte und drohend einen Schritt nach vorne machte. Zum ersten Mal in ihrem Leben hatte Uta das dringende Bedürfnis, jemanden totzuschlagen. Jemanden auf der Stelle totzuschlagen.
Wenn ich jetzt schnell mein rechtes Bein ausstrecke, stolpert die Hexe und fällt, dachte sie, bricht sich ihre morschen Knochen, kann nicht mehr aufstehen, wird erst übermorgen gefunden ... ich gehe schlafen, weiß von nichts, und kein Mensch wird je erfahren, was wirklich passiert ist. Wenn ich nur schnell genug mein rechtes Bein aus...

Aber sie tat es nicht.

Frau Hasswurz, in Unterhemd und Turnhose, schüttelte ihre Fäuste und machte drohend einen Schritt nach vorne. Uta brachte mühsam ihr rechtes Bein unter Kontrolle, drehte sich rasch um, und mit den Worten »Das ist mir hier zu blöd mitten in der Nacht« raste sie hinauf in ihre Wohnung.

So war es.

Wie betäubt trank sie ein Glas Wasser, warf eine Handvoll Kekse ein, lief hin und her, machte den Fernseher an, um sich zu beruhigen, machte ihn sofort wieder aus, machte das Radio an, nahm Rescuetropfen und spürte ihr Herz bis zum Hals klopfen. Nach einer Stunde schluckte sie ein paar Baldrianpillen und ging in ihr Schlafzimmer.

Da stand der Engel der Wohnungssuchenden vor ihrem Bett und fragte streng: »Was war das vorhin im Heizungskeller?«

»Was das eben war?«, fragte Uta gereizt zurück. »Wieso weißt du das? Warum stehst du hier herum? Und wo warst du überhaupt? Du hättest mir doch helfen können, sie zur Vernunft zu bringen, statt mich hinterher dumm anzuquatschen.«

»Was meinst du wohl, wer dir dein rechtes Bein festgehalten hat«, erwiderte der Engel. »Ich hatte große

Mühe, *dich* zur Vernunft zu bringen. So weit darf es doch nicht kommen, dass du dich dieser armen kranken Frau gegenüber völlig vergisst. Das ist ihr Part – nicht deiner.«

»Welches Spiel spielt ihr da oben mit mir?« Uta war immer noch gereizt. »Wieso habe ich dich im Keller nicht gesehen?«

»Wir spielen überhaupt kein Spiel«, sagte der Engel. »Und gesehen hast du mich nicht, weil du mich nicht sehen solltest.« Er verschwand.

Uta fand keinen Schlaf mehr in dieser Nacht und grübelte herum: Was ist ihr Part, was ist mein Part? Was meint der Engel? Hat er mir wirklich das Bein festgehalten, damit ich es nicht ausstrecke? Und wieso hat Frau Bohland in der Nacht gesagt: Ich hab mir schon gedacht, dass Sie kommen? ... Wollte sie vielleicht, dass ich komme? Was veranlasst sie denn wirklich, immer wieder in den Heizungskeller zu gehen? Ist das etwa ihre Art der Kontaktaufnahme? Kann sie nicht anders? Wenn sie sich einsam fühlt, geht sie in den Heizungskeller, weil sie weiß, dass ich dann auch komme? Großer Gott! Könnte so sein. Aber wenn: Das ist krank. Die Frau ist doch völlig krank. Total kaputt. Und wenn ich nicht schleunigst hier ausziehe, werde ich es auch noch. Oder ich bin es schon ... Unruhig wälzte sie sich im Bett herum.

Um halb sieben klingelte der Wecker und sie musste aufstehen.

Drei Tage lang lief Uta wie benommen durch die Welt, war erschöpft, verzagt, in einem schlimmen Gefühlsstress wie nach einem ekelhaften Traum. Ich muss was ändern, ich muss was ändern, sagte sie sich immer wieder. Diese Frau ist übergeschnappt, gefährlich, bald auch gemeingefährlich. Sie kann nichts dafür. Sie ist dement geworden. Boshaft und bösartig war sie schon immer, jetzt ist sie auch noch unzurechnungsfähig. Das macht mir Angst. Ich muss hier ausziehen. Ich muss eine Wohnung finden. Uta empfand einerseits tiefes Mitgefühl für diese kranke alte Frau und war andererseits ratlos, weil sie mit ihrer durchaus vorhandenen Empathie überhaupt nichts mehr erreichen konnte. Frau Bohland wehrte alles ab und erklärte mehrfach, sie wolle in Ruhe gelassen werden. Das heißt, erklären ist nicht der richtige Ausdruck. Sie warf mit verbalem Unflat um sich. So muss man es beschreiben.

Es gab in den darauf folgenden Monaten noch einige beunruhigende Ereignisse: die brennenden Zeitungen in Frau Bohlands Küche, die wildfremden Typen, die sie neuerdings nach Hause brachten, die fünf Zentner Kohlen, die sie bestellte, nicht mehr wissend, dass in ihrem Haus eine Ölheizung vorhanden war, und noch anderes mehr. Die Kreischanfälle zum Beispiel, wenn die Betreuungsdamen versuchten, aus der übel riechenden schmutzigen Person, die sie geworden war, wieder eine einigermaßen saubere Frau zu machen. Sie widersetzte sich allem, was Körperpflege oder Hygiene hieß, erfolgreich und so lange, bis die Damen entnervt aufgaben. Das erzählten sie gelegentlich auf Utas Nachfrage, was diesmal Ursache der Brüllorgien gewesen sei.

Ein dreiviertel Jahr war nun seit den ersten Anzeichen der Demenz vergangen. Nach außen hin lebte Frau Bohland meistens so »unauffällig«, dass die Sozialbehörde keine Veranlassung sah, sie in einem Pflegeheim unterzubringen. »Betreut« war sie ja, und die erwähnten beunruhigenden Ereignisse oder ihre gelegentlichen nächtlichen Exkursionen, die sie, nur mit Bademantel und Hausschuhen bekleidet, unternahm, um dann wieder von der Polizei eingefangen und nach Hause gebracht zu werden, registrierte man zurkenntnisnehmend. Ihre stundenlangen Gesangsdarbietungen im Treppenhaus, vorzugsweise zwischen ein und drei Uhr morgens und vorzugsweise mit »Horch, was kommt von draußen rein« interessierten indes niemanden.

»Engel der Wohnungssuchenden, hilf mir noch einmal bitte. Ich muss raus hier, so schnell wie möglich, bevor man mich zwingt auszuziehen, weil die Alte in ein Heim eingewiesen werden muss und das Haus verkauft wird«, flehte Uta mehrere Male. Aber der Engel blieb stumm und unsichtbar.

Wohin sollte Uta umziehen, mit dem wenigen Geld, das sie hatte? Suchen und fragen und in die Zeitung schauen und ins Internet schauen und verzweifeln, weil alle Wohnungen so teuer waren, das war über mehrere Wochen ihr tägliches Seelenbrot. Ihre tägliche Seelennot. Und der verdammte Engel meldete sich nicht.

Nur Utas Freundin Karin tat es eines Abends telefonisch: »Suchst du noch eine Wohnung?«
»Und ob.«
»Dann ruf mal die Frau Schoster an, das ist die Besitzerin von einem Haus in Drosselfeld, mit der bin ich weitläufig bekannt. In dem Haus wird eine Zweizimmerwohnung frei. Ich glaub, das hat acht Mietparteien.«
Drosselfeld war der Nachbarort von Amselborn, in den vier Jahre zuvor Utas Tochter Veronika – sie hatte inzwischen Mann und Kinder – gezogen war.
»Was, in Drosselfeld? Das wäre ja ... aber es ist schon viertel vor neun.«
»Bis neun kann man die Leute anrufen«, sagte Karin. »Ich geb dir jetzt die Nummer. Los, mach.«

Fünf Minuten brauchte Uta. Fünf Minuten, um Mut zu fassen, um sich zu überlegen, was sie sagen wollte, und um die Erinnerung an einen Anruf vor fünfundzwanzig Jahren und ihre innere Nervosität zu ordnen. Dann war es zehn vor neun ... Sie war aufgeregt, bemühte sich um Freundlichkeit in der Stimme: »Guten Abend, Frau Schoster, mein Name ist Ludwig, Uta Ludwig, ich habe Ihre Telefonnummer von meiner Freundin Karin Ammer bekommen, und sie hat mir gesagt, in Ihrem Haus wird demnächst eine Zweizimmerwohnung frei. Ich suche eine ...«
Sanfte dunkle Stimme am anderen Ende der Leitung. Freundliche Empfehlung, Frau Ludwig solle sich mit der derzeitigen Mieterin direkt in Verbindung setzen, solle die Wohnung anschauen und sich dann bei ihr, der Hauseigentümerin, erneut melden.

War es so?

War es wirklich so?
Ja, wirklich. Diesmal stimmt es.

Wieder folgte eine unruhige Nacht. Eine mit zerknautschten Kissen und verbeulten Träumen. Natürlich war diese Wohnung viel teurer als ihre bisherige, kleiner, aber teurer. Was nicht besonders schwer zu verstehen ist, wenn man bedenkt, dass Uta fünfundzwanzig Jahre die gleiche Miete zahlte.

Wohnung anschauen, angetan sein, die Eigentümerin informieren, zu einem Kennenlerngespräch zu ihr eingeladen werden, Mietvertrag unterschreiben, beim Betreuer von Frau Hasswurz die alte Wohnung kündigen, Renovierung der neuen organisieren, Umzug planen, Keller entrümpeln, eine junge tüchtige Helferin engagieren – alles klappte. Es flutschte nur so.

Allerdings flutschten auch die Hunderter.

Utas Konto wurde leer und ihr Herz voll, voll mit neuen Sorgen. Obwohl sie erleichtert war.

Als sie sich am Abend des Umzugstags im Bad die Zähne putzte, fiel ihr der Engel der Wohnungssuchenden wieder ein. Merkwürdig, dass er trotz ihrer inständigen Bitten, ihr noch einmal zu helfen, nicht mehr in Erscheinung getreten war. Offenbar war auf das himmlische Personal kein Verlass mehr. Na gut, die neue Wohnung hatte sie auch ohne ihn gefunden. Dieser ganze Engelsglaube war ohnehin esoterisches Getue, Quatsch mit Soße.

»So, meinst du«, sagte er da auf einmal, während sie sich das Gesicht abtrocknete, »Quatsch mit Soße.« Er saß auf dem Rand der Badewanne und wippte mit den Flügeln. »Und, wie gefällt dir die neue Wohnung? Haben wir dir was Gutes ausgesucht?«

Überrascht schaute Uta ihn an.

»Dir klebt noch Zahnpasta am rechten Mundwinkel«, sagte er.

»Von wo kommst du denn her?«, fragte sie.

»Na, von wo wohl.«

»Aber du warst doch völlig verschwunden.«

»Nun ja, nach der Begebenheit im Heizungskeller entschieden der Himmelsrat zur Regulierung von Härtefällen bei geschiedenen Ehefrauen von Lebenskünstlern, Abteilung Super-GUA, und ich, mich aus dem sichtbaren Bereich zurückzuziehen ...«

»Warum?«

»Weil wir dir die Illusion geben wollten, du könntest es allein schaffen, aus dem Dilemma mit Frau Bohland herauszukommen. Damit du wieder Selbstvertrauen und Stärke gewinnst.«

»Aha. Und warum erscheinst du dann heute?«

»Damit wir dir die Illusion nehmen, du könntest immer alles allein schaffen. Selbstvertrauen und Stärke hast du ja gewonnen, wie man sehen kann«, sagte er lächelnd und zupfte an seinem Gewand herum. »Und jetzt bin ich wieder sichtbar.«

»Das heißt, ihr da oben habt mich beschummelt, oder? Im Grunde hast *du* mir mit deinem komischen Himmelsrat zu der neuen Wohnung verholfen?«

»Nein und ja. Nein, wir haben dich nicht beschummelt, wir haben nur Paragraph dreizehn der Silberpädagogik angewandt, und ja«, erwiderte der Engel, »der Himmelsrat zur Regulierung von Härtefällen bei ehemaligen Ehefrauen von Lebenskünstlern, vor allem die Abteilung Super-GUA, und ich, wir beschlossen, dir noch einmal zu helfen, weil du so lange tapfer bei Frau Bohland ausgehalten und es sogar fertiggebracht hast, ihr während all der Jahre, die du dort gewohnt hast, mit Respekt zu begegnen. Von deinen Mordgelüsten im Keller einmal abgesehen.«

»Das ist mir auch im Nachhinein noch ganz arg. Wenn du nicht gewesen wärst ...«

»Lass gut sein«, antwortete der Engel, »das ist meine Aufgabe. Und außerdem hast du ja wirklich sehr wenig Geld, da mussten wir dir schon unter die Arme greifen.«

»Ich danke dir. Und auch dem Himmelsrat. Aber hast du eine Idee, wie ich mit dem ungeheuer wenigen Geld in Zukunft die Miete für die neue Wohnung zahlen kann? Wer mir dann unter die Arme greift?«

»Ja«, sagte er, »habe ich: du dir. Mit Selbstvertrauen. Du hast jetzt genug. Sonst hättest du doch die Wohnung von Frau Schoster gar nicht erst gemietet.«

»Stimmt«, entgegnete Uta und bückte sich nach ihrem Handtuch, das heruntergefallen war. »Siehst du, ich bin viel zu erschöpft, um noch vernünftig zu denken. Gute Nacht, Engel.«

Er war nicht mehr da.

Uta legte sich in der neuen Wohnung zum ersten Mal ins Bett, kreuzlahm, entsetzlich müde, schloss die Augen und – dachte an Frau Bohland: Jetzt bin ich sie los. Endlich. Für immer bin ich sie los. Dem Engel sei Dank. Dem Himmel sei Dank. Dem Möbelpacker sei Dank, der sie heute Morgen lachend zur Seite schob, als sie mit geballten Fäusten auf ihn einschlug und schrie: »Hören Sie auf, das Zeug rauszuschleppen, mir hat niemand gekündigt.«

Aber ihr sei auch Dank, dieser unausstehlichen Person, dieser bösartigen giftigen Bisswurz, dieser Hasswurz, dieser widerlichen Stinkmorchel, dieser kreischenden, keifenden Krawallschachtel, dieser kranken, einsamen, bedauernswerten Alten.

Drei Tage nach Utas Auszug geisterte Frau Bohland nachts durchs Städtchen Amselborn, barfuß, in Turnhose und Unterhemd. Am vierten Tag wurde sie in ein Pflegeheim eingewiesen.

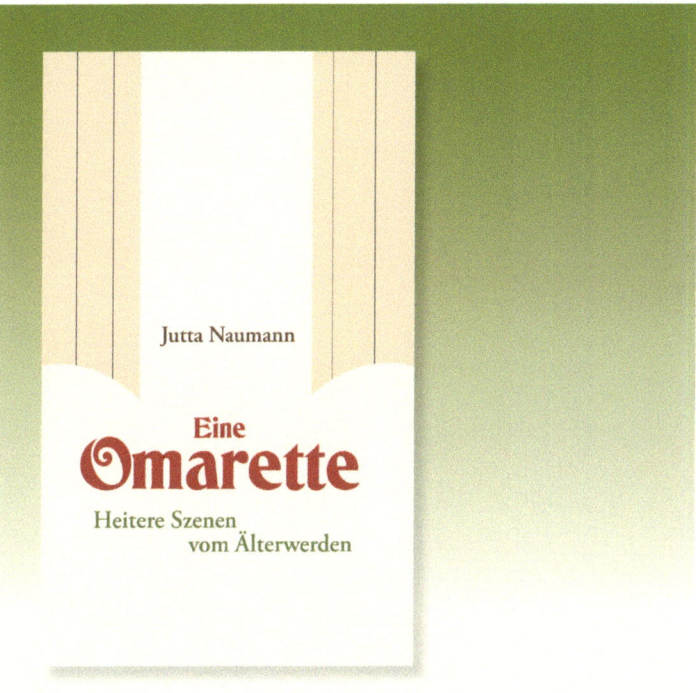

Jutta Naumann

Eine
Omarette

Heitere Szenen
vom Älterwerden

108 Seiten · Pb · 10,00 Euro · ISBN 978-3-8482-0605-6

Jutta Naumann lässt die Hauptfigur ihrer Omarette, die Oma, kleine, stille, unauffällige Freuden entdecken und verpackt sie so schlicht wie liebevoll, dass die Leser sich sowohl an Verpackung wie an Inhalt erfreuen können. Gewürzt mit einer üppigen Portion sanfter Ironie, verbünden sich so der Wahrheit kundtuende Kindermund und die weise Gelassenheit des Alters zu einem Plädoyer für Familie und Generationen verbindendes Zusammenleben.
Es ist vergnüglich zu lesen und doch erhellend tiefsinnig, wenn die Oma zu der Erkenntnis kommt, dass nicht entweder Lachen oder Weinen, sondern beide gleichermaßen das Leben ausmachen.

Samuel Kirsch
Rezensent